De Duitse spion

Richard G. Hole

De Duitse spion
Een roman uit de Tweede Wereldoorlog

Richard G. Hole

Tweede Wereldoorlog

KORTE INHOUD

Hij liep naar een kast die hem tegen de rechtermuur plakte. Een hangend pak en een koffer verschenen voor zijn ogen. Hij betastte het pak zonder het geritsel van papier te horen dat hij verwachtte. Hij herinnerde zich nog heel goed dat ze hem had verteld dat hij een envelop met instructies bij zich had.

Hij opende de koffer, die helemaal leeg leek.

Hij knarsetandde en gromde een vloek. Hij begon aan de koffer te voelen, tevergeefs. Het was heel eenvoudig en een dubbele bodem was niet denkbaar. Dat moest natuurlijk nagekeken worden...

Maar op die momenten was hij verlamd, bijna verblind door het licht, veel intenser dan dat van de zaklamp, die plotseling de kamer had geraakt. Toen hoorde hij de deur van de kamer zachtjes sluiten en een stem zei:

"Beweeg niet. Ik richt me op jou...

DE DUITSE SPION

1

De Tegeler See, gelegen ten noordwesten van Berlijn, omgeven door groene grasvelden en bossen, zag er in de zomer van 1942 sereen, kalm uit.

De kalme en blauwachtige wateren, kalm, bijna onbeweeglijk, leken ook begiftigd met de bijzondere sfeer die de stad Berlijn omringde, waar alles erop wees dat de oorlog werd gewonnen. Het vertrouwen van het volk was in dit opzicht bijna absoluut.

Het oppervlak van het meer vertoonde de vrolijke kleuren die kleine zeilboten, plezierboten en sommige lui zeilende sloepen lenen. De pieren, aan de oevers van het meer, waren vol met kleine bootjes met witte zeilen, en met mensen die de kalmte van de atmosfeer onderbraken met hun ietwat timide gesprekken.

Een vrouw liep in de richting van een van de sloepen die aan het kleine dok waren vastgemaakt.

Een vrouw met lang donkerbruin haar, lang, met een smalle taille en hoge buste. Ze droeg een lichtroze trui en een iets donkerdere rok; de rok, hoewel niet uitgelokt, klampte zich vast aan haar heupen en benadrukte zachte, stevige vormen. Zijn gezicht, wat lang, dun, met licht uitpuilende jukbeenderen, had een vreemde aantrekkelijkheid, ondanks de wat harde plooi van de roze lippen van de vrouw. Een paar blauwe ogen, intelligent, een beetje koud, afstandelijk, droegen bij aan de persoonlijkheid van Gretel Hagen.

Grietje klom nonchalant op de lichtwitte ladders van de sloep en stapte op het dek van de boot. Ze heeft zelf de ladder aan boord gehesen. Toen keek hij naar de man die achterover leunde tegen de mast van het lichte vaartuig.

De man glimlachte.

'Zullen we gaan wandelen, Grietje?'

"Het zal het beste zijn, toch?" mompelde de vrouw.

"Van nature. Het zal snel donker zijn en de Tegeler leent zich nooit beter voor vertrouwelijkheden ... van welke aard dan ook.

"Ik begrijp het" glimlachte Grietje.

Toen Grietje glimlachte, haar jukbeenderen iets omhoog gingen en haar blauwe pupillen hun koelte verloren, leek het ook alsof ze dichter bij haar gesprekspartner kwam.

De man stapte naar achteren en hield de hengel vast. Hij ging op een krukje dicht bij het dek zitten en gebaarde naar Grietje, terwijl de sloep, met de zeilen strak in de wind, aan het ontmeren was.

Alles was daar natuurlijk. Iedereen die aandacht had besteed aan dit vreemde stel zou zijn schouders hebben opgehaald. We noemen het vreemde stel omdat die man minstens twee keer zo oud was als Gretel. Zelfs dat was gebruikelijk in nazi-Duitsland.

Grietje zat zwijgend naast de man. Ze liet de wind een beetje door haar haar waaien en haalde diep adem. Die wandeling langs het meer zou tenslotte een kalmerend middel zijn; een kleine ontsnapping aan de stress die ze ongeveer zes maanden had doorstaan. Het zou een ontsnapping zijn zolang deze man, Horst Anthelme, niet anders zei.

Eindelijk, sereen, keek Grietje naar de man en zei:

'Het moet iets belangrijks zijn, Horst.

De man glimlachte.

'En gevaarlijk, zei hij. Ik heb je dossier bestudeerd en ik heb de man die we nodig hebben.

"Waar is het?" vroeg Grietje.

"In Stockholm.

Grietje trok een wenkbrauw op en keek naar Anthelme.

"Stockholm? Wat doet een van onze beste mannen in Stockholm? Zweden is neutraal, zei hij. Nou... Ik denk dat het een van de beste moet zijn, aangezien je hem hebt opgemerkt.

'Dat is het inderdaad, zei Anthelme. Een boze anti-nazi, Gretel. En niet alleen om die reden heb ik hem gekozen; andere factoren hebben een rol gespeeld. Het is bijvoorbeeld juist in Stockholm. Ik wil verduidelijken "hij glimlachte" wat hem zou hebben gekozen, zelfs als hij in Afrika was, begrijp je?

'Je hebt het volste vertrouwen in hem,' mompelde Grietje. Wie is het?

"Zijn naam is Max Kropelin.

Grietje schudde haar hoofd.

"Ik ken hem niet persoonlijk", zei hij.

"Nee? Nou, je zult hem heel snel ontmoeten.

Grietje verstrakte een beetje. Hij keek naar deze man van in de vijftig, bijna kaal, met bijziende bril, tenger gebouwd, maar die niettemin een gevoel van integriteit gaf, van een zekere mysterieuze kracht.

„Bedoel je dat ik naar Stockholm moet?" vroeg de jonge vrouw.

'Je hebt het perfect begrepen,' zei Anthelme resoluut.

Grietje zuchtte.

"Wanneer?" vroeg hij,

"Kan het vanavond zijn?

"Ik denk het.

"Denk je?" vroeg Anthelme, de vrouw niet aankijkend.

'Oké, het zal vanavond zijn.

Anthelme knikte.

"De route zal Rostock-Kopenhagen-Stockholm zijn", zei hij. Je gaat alleen. Je hebt met niemand contact, behalve natuurlijk met Max Kropelin. Het spijt me u te moeten mobiliseren, maar ik kan niet toestaan dat de Gestapo onze organisatie door een misstap vernietigt. Nu beginnen we sterk te worden, Grietje. De informatie die we aan Max Kropelin moeten doorgeven, heb ik gekregen van onze anti-nazi-groep in Parijs, wat betekent dat we binnenkort een gevaar voor het nazisme zullen zijn.Bovendien moeten we natuurlijk ook vechten tegen de vijanden van Duitsland. We vechten dus op twee fronten.

'Dat weet ik allemaal, Horst,' zei het meisje. Waar gaat het deze keer over?

Anthelme glimlachte weer, de glazen van zijn bril flitsten.

'Let op, Grietje. Ik neem aan dat je het gevaar begrijpt van rondlopen met documenten. Daarom moet je al mijn instructies aan je geheugen toevertrouwen ", zei Anthelme.

'Ik weet het,' mompelde Grietje.

Anthelme stak een sigaret op, met een vaste hand, en liet de helmstok van de sloep in handen van Grietje, die al bijna in het midden van het meer was, toen de eerste lichten in Berlijn schenen, als vreemde ogen, nyctalopes.

Een aantal sloepen circuleerden rond het meer, waarvan sommige richting de westelijke oever gingen om te genieten van het koele Tegelort-bos.

Na enkele ogenblikken in stilte te hebben gerookt, begon Horst Anthelme te spreken, zonder meer dan een paar keer onderbroken te worden door Gretel. Een kwartier later herhaalde de vrouw woord voor woord. De instructies van Anthelme, die lichtjes glimlachend knikte.

'Perfect,' zei hij toen.

"Maar er is één punt dat moet worden verduidelijkt," zei Gretel. " Moet ik clandestien gaan?

"Ja. Houd er rekening mee dat als je zou vragen om het land te verlaten, je volledig op de Gestapo-lijst zou staan. Ze zouden u uw paspoort geven met de bedoeling u aan toezicht te onderwerpen.

"Het is waar. Eigenlijk is de legale uitweg net zo gevaarlijk als de clandestiene. Ik geef de voorkeur aan het laatste', zei Gretel.

'Vergeet niet dat het grootste risico voor u in Kopenhagen ligt. Het is daar waar je al je sluwheid moet tonen. We weten heel goed dat de Gestapo veel jaloerser is in de bezette landen.

'Maak je geen zorgen om mij, Horst,' antwoordde Grietje.

Zonder verder oponthoud verliet hij de bank die hij naast Anthelme bezette en liep naar voren. Kort daarna droeg ze een zwart badpak, dat perfect paste bij de delen die het badpak moest verbergen, en de zachte witte huid van andere delen van het lichaam onthulde.

Er was een lichte plons en het meisje zonk in het water van het meer, terwijl Anthelme, glimlachend, het wiel in cirkels stuurde zodat de wind de sloep niet zou wegblazen.

Hij zag Grietje weer verschijnen en begreep wat de jonge vrouw wilde met die poging om te zwemmen: haar zenuwen kalmeren, haar hersenen kalmeren. Het was zelfs mogelijk dat Grietje dacht dat ze nooit meer in dat meer zou kunnen baden.

* * *

Die man, zittend op een nachtkastje met uitzicht op zee, stond zenuwachtig te roken. Keer op keer registreerden zijn hersenen de woorden die op een klein briefje waren geschreven, dat iemand de avond ervoor in zijn zak had geglipt.

Dat iemand alleen die vrouw kon zijn, met wie hij een paar woorden Zweeds had gekruist.

Max Kropelin herinnerde zich alles perfect. Na een toevallige ontmoeting van de kant van die vrouw dronken ze samen een drankje. Een raadselachtige, mooie vrouw, wiens temperament, vermoedde Max, heel anders was dan dat van verbleekte Zweden, waar hij van hield, aangezien een man zich alleen op bepaalde momenten verveelt.

Deze vrouw bewees echter op het laatste moment dat Max ongelijk had gehad: ze liet hem weinig minder dan geplant achter, hoewel, ja, glimlachend. En vrouwen die op gevaarlijke momenten glimlachen, hebben over het algemeen een vastberaden karakter.

Max Kropelin had haar zuchtend het nachtkastje zien verlaten. Weer een nacht alleen.

Later, in zijn gehuurde appartement voor de scheepswerven van Stockholm, vond hij het briefje. Het eerste belangrijke dat Max opviel, was dat het in het Duits was geschreven: "Ich komme einen morgen wieder." De vrouw sprak echter Zweeds.

Max had erover nagedacht en voelde zich ongemakkelijk toen hij zich realiseerde dat deze vrouw zijn ware nationaliteit had ontdekt. En vast nog veel meer dingen. Hoe dan ook, het idee dat de schoonheid slechts een date probeerde die min of meer bestemd was voor de voorbereiding van intimiteit, wat overigens heel aangenaam moet zijn, was door Max al afgewezen.

Daarom wachtte die Duitser van gewoon postuur, maar sterk, met brede schouders en een Teutoons hoofd, met een zeker ongeduld. De schoonheid kan een val zijn.

Zelfs met zo'n diepgewortelde gedachte, kon Max het niet helpen, maar begon Grietje Hagen te ontdekken, langzaam, rechtopstaand, naar de tafel die Max op het nachtkastje bezet had.

Max, glimlachend om zijn wantrouwen te verbergen, stond op en salueerde met een gepast knikje.

'Ga zitten,' zei hij toen.

Grietje gehoorzaamde en ging tegenover Max zitten.

"Mijn briefje zal je enige ergernis hebben bezorgd" zei Grietje direct, hem aanstarend.

"Waarom zou hij me lastig vallen?" Max glimlachte. Integendeel, dit citaat...

'Hou op met dat gezeur, Max Kropelin' sneed de vrouw, ze dempte haar stem en glimlachte, alsof ze Max wat tederheid had verteld.

Max schrok niet.

'Je weet ook mijn naam,' zei hij. Nog iets anders?

"Ontelbare dingen" Grietje glimlachte weer, hoewel haar ogen een beetje koud bleven, gefixeerd op die van de man.

"Waarom is het gisteravond niet ontdekt?" vroeg Max.

"Eenvoudige voorzorg. Ik wilde weten of iemand nieuwsgierig naar mij was geweest, "zei Kropelin". En ik wilde weten welk effect het briefje had. De hele dag loop ik door Stockholm zonder te merken dat ze me volgen. Dat stelt me gerust, begrijp je?

"Natuurlijk. Hoe dan ook, ik heb liever dat we ergens veiliger praten... ervan uitgaande dat je me iets te zeggen hebt.

"Waar denk je dat ik je voor heb geroepen?" vroeg Grietje droogjes.

'Goed...' Max glimlachte lichtjes. Mee eens. En het is waar dat het briefje me wat hoofdpijn heeft bezorgd, aangezien het ervan uitging dat je mijn identiteit had ontdekt. Ik kwam uit angst voor een val.

"Niet meer?" vroeg Grietje, met enige ironie.

"Waarom? Nu zijn we samen, toch?

Grietje knipperde. Hij herinnerde zich wat Horst Anthelme hem over de man had verteld, goed voorbereid op eventuele onvoorziene omstandigheden. Bovendien was Max niet iemand die terugdeinsde. Alleen een stalen fonkeling in zijn blauwgrijze pupillen verraadde dat niets hem zou overrompelen.

"Zullen we naar die veiligere plek gaan?", vroeg Gretel als antwoord.

"Mee eens. Het zal bij mij thuis zijn.

Grietje tuitte haar lippen, heel dun.

'Misschien iemand...' begon hij zwakjes te protesteren.

"Maak je geen zorgen." Max glimlachte spottend. Het is niet de eerste keer dat een vrouw 's nachts mijn huis binnenkomt. Niemand zal er rekening mee houden. Of ben je misschien bang?

'Je hoeft niet cynisch te zijn, Kropelin,' zei Grietje.' Anders ben ik niet bang. Het is niet de eerste keer dat ik 's nachts een mannenhuis binnenstap.

"Erg goed. We zullen het onderwerp veranderen, "gromde Max, een beetje verdisconteerd door de reactie van Gretel." Laten we gaan?

Hij liet een handvol kronen op tafel liggen als betaling voor zijn drankje. Hij stond op en ging naast Grietje staan. Ze liepen allebei de Ostergotland Avenue in, breed, waarvan de koplampen lichtvlekken gaven in de tuinen, waar veel stelletjes doorheen slenterden.

Twee minuten later vermengden Max en Grietje zich met die stellen.

2

In zijn hemdsmouwen staarde Max Kropelin, bij het raam van die kamer, die uitkeek op de scheepswerven, naar de verre roodachtige lichten die het water van de Oostzee deden gloeien, overeenkomend met zoveel vissersboten.

Aan de linkerkant kon je een deel van het Malar-meer zien, en enkele van de kleine eilanden en schiereilanden waarop Stockholm ligt, door sommigen het Venetië van het noorden genoemd.

Max Kropelin wendde zich tot Grietje, die op een bank zat, en stak een sigaret op.

'Horst Anthelme heeft het gestuurd, oké,' zei Max, terwijl hij een rookwolk uitblies. Waarom jij?

"Bepaalde dingen kunnen beter door een vrouw dan door een man worden opgelost", zei Grietje. Bijvoorbeeld de reis van Kopenhagen naar Malmö, in die stoomboten van de lijn, ik deed het in een mannenhut. Ik overtuigde hem ervan dat hij op de vlucht was voor de Deense politie, want als ik hem de Gestapo had genoemd, had hij misschien opgegeven aardig te zijn. Ik wist tenslotte hoe ik hem op afstand moest houden.

Max glimlachte scheef. Hij ging naast Grietje zitten.

'Nu aan de slag,' zei hij.

"Een van onze agenten in Parijs heeft een Sovjet-spion ontdekt van de 'Gilbert Group', een uitloper van de 'Rote Kapella'. We weten allemaal dat de Sovjets in Parijs toegewijd zijn aan het communiceren van bewegingen van onze troepen van West naar Oost Europa. Er was echter een uitwisseling van informatie, wat de reden was dat onze agent iets belangrijks ontdekte: er is een netwerk dat zich toelegt op sabotage in Stockholm.

Max fronste zijn wenkbrauwen.

"Wat voor sabotage?" vroeg hij.

'Ik dacht dat je iets zou hebben ontdekt,' zei Grietje.

'Nou, hij had het mis,' gromde Max. Ik ben gewoon een deserteur uit het leger; een man die de Gestapo zoekt; en vooral een anti-nazi. Het is waar dat ik een aantal missies heb uitgevoerd, maar ze werden heel goed aan mij blootgesteld door de informanten. Normaal gesproken ben ik alleen toegewijd aan het beheersen van de groeiende groep anti-nazi's in Stockholm, in de hoop dat we op een dag sterk genoeg zullen zijn om Hitler ten val te brengen. Dat is, duidelijk en eenvoudig, wat ik hoop,

Grietje beet op haar onderlip.

'Oké,' zei hij. Ik zal doorgaan, u weet dat Duitsland Zweeds staal koopt; een essentieel oorlogsmateriaal,

"Dat weet ik", antwoordde Max.

'Verschillende schepen hebben Duitsland niet bereikt,' zei Gretel. Dat is door de Gestapo verborgen gehouden, uit angst voor prestigeverlies bij de partij.

"Ja..." - mompelde Max.

"Zelfs sommige van die schepen zijn hier gesprongen, in de haven van Stockholm," vervolgde Gretel. " Het gaat er dus om dat Sovjetnetwerk te ontmantelen. Het staal moet Duitsland bereiken; we hebben het nodig om de oorlog voort te zetten. Een oorlog die misschien door Duitsland wordt gewonnen, maar nooit door de NSD AP. Als we die verliezen, kunnen we met een humaner intern regime de spanning met de geallieerden verzachten.

Max knikte.

"Het is duidelijk", zei hij. Wat weten we nog meer over dat netwerk?

"Een man genaamd Pavel Yfremov verliet Parijs, waarschijnlijk via Oslo, met een envelop met instructies", zei Gretel. Er werd besloten Yfremov vrij te laten zodat hij vanaf hier in Stockholm het hele netwerk kan volgen en ontdekken. Mogelijk staat Yfremov op het punt te arriveren.

Max Kropelin verliet de bank en deed een paar stappen de kleine kamer in. Zijn brede voorhoofd was gerimpeld, wat duidde op de belasting van zijn hersenen. Grietje vond dat hij heel weinig leek op de schouder die ze de avond ervoor op tafel had gezien, een ietwat zorgeloze kerel, zeer geanimeerd door het vooruitzicht van een mogelijke verovering, en met het uiterlijk van een Zweedse arbeider.

Max Kropelin zag er nu uit als een man, klaar om te vechten.

"Wat weet je nog meer over deze Yfremov?" vroeg Max plotseling, terwijl hij Grietje recht aankeek.

"Hij is een man van meer dan veertig jaar oud; donker haar; iets diks, eruitziend als een koopman uit elk land, inclusief Duitsland.

Max lachte droog.

"Perfect. De Russen weten hoe ze moeten kiezen, zeiden hun mannen. Denk je dat we met deze informatie een grote kans van slagen hebben?

Grietje haalde haar schouders op.

'Horst zei van wel.

"Horst Anthelme overschat mij", gromde Max. Hoe dan ook, ik veronderstel dat er geen andere keuze is dan Yfremov te zoeken. Het is een te waardevol stuk voor ons om te betogen. Je zegt dat je bijna aankomt?

"Ja.

'Is er geen mogelijkheid dat het is aangekomen?

'Natuurlijk is er een mogelijkheid,' zei Gretel.

Zonder verder oponthoud, keerde Max Kropelin die vrouw de rug toe en liep naar de telefoon, die op een kleine tafel in de hoek van de kamer stond. Snel, terwijl hij de sigarettenrook naar binnen zoog, toetste hij een nummer in.

Hij wachtte enkele ogenblikken ongeduldig. Toen hij merkte dat ze aan de andere kant oppikten, informeerde hij:

"Kurbjuhn?

"Midden Kurbjuhn. Het andere medium bleef in Duitsland "antwoordde een stem." Wanneer komen we terug, Max?

"Luister," gromde Max, die vraag negerend "; Wat dacht je van een wandeling naar mijn huis?

"Nutsvoorzieningen?

"Waarom niet?" gromde Max.

'Nou... Hoe dan ook, ik wilde ergens met je over praten. Maximaal Ik zal de kans grijpen. Wat voor drankje heb je?

'Ik drink niet,' mopperde Max. Weet je, dat wordt aan de nazi's overgelaten.

Aan de andere kant van de draad klonk gegiechel.

'Altijd zo bitter, Max,' zei Kurbjuhn.

'Stel niet uit,' zei Max.

"Niet ophangen!" riep Kurbjuhn.

"Wat gebeurt er nu?" vroeg Max.

"Een paar uur geleden arriveerde een man die zich had aangemeld als Jean Maurvalier in het hotel « Malnihöus », waar ik werk; Franse naam, zoals je kunt zien, Het is daarom een potentiële vijand. Ik heb geprobeerd degene te zijn die je bagage, een simpele koffer, naar je kamer draagt. Deze was niet erg goed, en met mijn oor tegen de deur hoorde ik iets dat misschien interessant is: de man heeft zeewier gemompeld, in het Russisch. Wat dacht je van? Het vervelende is dat mijn dienst erop zat en ik naar huis moest,

Max likte zijn lippen en wierp een blik op Grietje, die hem heel stil, stil, aankeek,

"Hoe was die man Kurbjuhn?" vroeg Max.

'Nou... Het is gemakkelijk te omschrijven: klein, gedrongen, met het zelfvertrouwen van een rijke koopman, gewend aan reizen. Hij ziet er iets meer dan veertig jaar oud uit', antwoordde Kurbjuhn,

Max haalde diep adem.

"Perfect" gromde hij. Ik wacht over een kwartier op je.

Hij hing op - en deed een paar stappen in de richting van Gretel. Hij staarde haar een paar seconden zwijgend aan, natuurlijk zonder zijn goed gebogen, zeer witte knieën te negeren.

"Misschien hebben we iets bereikt", zei hij. Een meevaller natuurlijk. Laten we in ieder geval hopen dat Kurbjuhn komt.

Max ging naast Grietje op de bank zitten en sloot even zijn ogen. Een zweem van een glimlach krulde haar lippen. Hij was met een mooie vrouw, ja. Het is waar dat vrouwen alleen complicaties melden. Er was daar geen liefdesdate. Eigenlijk was er niet eens een vrouw als zodanig; Grietje was de bondgenoot. Bovendien had Max het absoluut bij het verkeerde eind: ze was een echte ijsberg.

Het was heel moeilijk om dat witte gezicht te zien, dun, maar aantrekkelijk, exotisch, met bijna de helft van de zijkant van het gezicht verborgen door donker haar.

'Je kunt gaan, Grietje,' zei Max ten slotte. Of heeft het zijn missie niet vervuld?

De vrouw staarde Max aan.

"Het is niet waar dat de eerste indruk goed is", zei hij, Max een beetje in verwarring brengend,

"Wat bedoel je?" vroeg de Duitser.

'Eerst was ik bang dat Horst het bij het verkeerde eind had. Nu kan hij echter alleen nog maar aan zijn werk denken.

Max haalde zijn schouders op.

'Ik weet niet hoe belachelijk ik mezelf zou maken om opnieuw te proberen de dingen naar een meer... intiemere grond te duwen,' gromde Max.

"Probeer het.

Max keek haar in de ogen; Grietje bleef roerloos staan, haar rug recht, en gaf een nieuwe, andere sfeer aan die kamer in Max Kropelins vrijgezellenappartement; waardoor het een sfeer van enigma kreeg, van avontuur dat het waard was om van te genieten.

Max kwam dichter naar haar toe en legde zijn handen op de schouders van de vrouw. Toen bracht hij zijn lippen naar die van Grietje. De reactie van de vrouw, toen hun lippen elkaar eenmaal hadden ontmoet, verbaasde hem helemaal niet. Hij voelde het trillen.

Toen Grietje's handen zachtjes op Max' nek rustten, omsloten zijn lange, gespierde armen zachtjes haar rug.

Het was een lange, intense kus.

Toen hij Grietje losliet, zei Max:

'Dit is beter, Grietje. Je hebt me nog een keer verbijsterd: de laatste.

'We zullen elkaar wat beter leren kennen, Max. Ik dacht dat het het waard was ", glimlachte Grietje, terwijl ze haar hand uitstak en een blonde haarlok van het voorhoofd van de Duitser verwijderde.

'Misschien ben je teleurgesteld,' mompelde Max.

Grietje keek Max in de ogen. Hij zag mannelijkheid, kracht, ingehouden energie. Ook een beetje bitter.

'Nee,' fluisterde Grietje.

"Het is gemakkelijk om het bij het verkeerde eind te hebben in onze omstandigheden. "Zei Max." Hoe dan ook, je hebt mijn vraag niet beantwoord. Ben je hier in Stockholm beland?

"Ja.

"In dat geval moet je terug naar Duitsland", zei Max.

"Nee, Max.

"Ben je bang om terug te gaan?" vroeg de Duitser.

"Het is niet dat. Laten we zeggen dat ik iets heb gevonden waarnaar ik op zoek was "beantwoord, sereen, Grietje". Je kunt in geen geval iets aan egoïsme helpen, Max. Van hieruit kan ik ook nuttig zijn naar Duitsland ... met minder risico; Dat hoef ik niet te ontkennen. En Horst redt het wel zonder mij.

Max voelde een lichte leegte in zijn maag. Hij wilde net reageren toen Grietje's lippen op de zijne drukten. Zeker, vrouwen hebben zeer dwingende middelen om iets te bereiken.

Op die momenten klonk er een zwak geklop op de deur van het appartement.

Max maakte zich los van Grietje en liep naar zijn jas, met een pistool in de hand dat hij uit een binnenzak haalde. Hij ging naar de deur.

Hij bleef een beetje besluiteloos, aangezien hij heel duidelijk de zware ademhaling bespeurde van de man die erop stond te bellen.

Hij besloot het eindelijk te openen en deed een stap opzij terwijl hij aan het houten mes trok. Ze maakte een scherpe sprong toen de man die ertegenaan leunde, openzwaaide toen de deur openschoof en de deur bijna onmiddellijk met bloed vulde.

Max reageerde snel en sloot de deur. Toen leunde hij gretig naast de man en draaide zijn gezicht om. Hij zag een lijkbleek gezicht dat getekend leek door de dood.

'Kurbjuhn,' mompelde Max.

De man opende zijn mond, maar slaagde er slechts in een slok bloed uit te laten, die de voorkant van zijn overhemd en zijn donkere stropdas doorweekte. Kurbjuhns ogen draaiden wild in hun kassen en de aderen in zijn nek puilden uit, misschien deed hij een poging om iets te zeggen. Hij deed het op een bijna onverstaanbare manier.

'Ze... volgden me, Max...

"De Gestapo?" vroeg Max snel, toen hij zag dat er kleine druppeltjes koud zweet op zijn voorhoofd kwamen,

"Nerd...

"Jean Maurvalier?

"Jij... ik vermoed... ja...

"Tot hier?" vroeg Max.

Kurbjuhn schudde zijn hoofd, happend naar lucht. Hij was doorweekt van het zweet, en strengen grijs haar waren op zijn voorhoofd geplakt, erg koud, gemarmerd. Het leek alsof zijn ogen plotseling in de kassen waren gezonken.

'Ik denk niet... ik zou... ik zou ze kunnen afwerpen, Max...' stamelde hij.

"Meer dan één?" vroeg Max.

Kurbjuhn knikte.

Toen, abrupt, leek zijn nek te breken, en het hoofd van de man hing naar rechts, slap, zonder kracht, zonder enige lef om het te ondersteunen. Langzaam liet Max het lichaam op de grond zakken en beet woedend op zijn onderlip.

Wie was verantwoordelijk voor die dood? Was Kurbjuhn niet altijd een eerlijke, vreedzame man geweest, boordevol menselijkheid?

Toen Grietje Max bereikte, zag ze dat Max' vuisten gebald waren; gezicht spiertrekkingen; het brede voorhoofd glinsterend van het zweet. Toen Max naar Gretel keek, stond ze op het punt achteruit te lopen, geschrokken van de uitdrukking in Max' blauwgrijze pupillen.

'Ga terug naar je hotel, Grietje,' zei hij droog.

"Zoals je wilt, Max...

"Wacht!" gromde Max. Je kan beter. Ik kan Kurbjuhns lijk hier niet voor onbepaalde tijd achterlaten. Ik wil dat je een auto huurt en deze voor de ingang van dit gebouw parkeert. Heb je het begrepen?

"Natuurlijk.

* * *

Max droeg het gewicht van het lijk en wachtte op het teken van Gretel dat hij perfect in de auto kon kijken, geparkeerd volgens de instructies van Max. Toen Grietje het bordje maakte, betekende dit dat er op dit moment niemand op straat was.

Max verzamelde kracht en rende bijna in de richting van de auto, terwijl de vrouw het portier opende dat bij de achterbank hoorde. Daar, hoe dan ook, en terwijl hij een 'Het spijt me, Kurbjuhn' mompelde, legde Max het lichaam van zijn metgezel neer. Toen, snel, toen de motor van de Duitse exportauto begon te snurken, stapte Max naast Grietje in de auto en sloeg de deur dicht.

Grietje, achter het stuur, vroeg:

'En nu, Max?

'Zoek een eenzame plek aan zee,' antwoordde Max.

De auto startte met goede snelheid, richting het oosten van de stad, waar elke plek goed zou zijn om een lijk te laten verdwijnen.

'We kunnen het risico niet lopen dat de Zweedse politie hem vindt en navraag doet,' legde Max uit. We lopen ook het risico dat het nieuws de oren bereikt, wat heel gemakkelijk zou zijn, zelfs uit de kranten, van de Gestapo-agenten in Stockholm. Dat zou evenveel zijn als hen op het spoor te zetten van onze anti-nazi-groep.

'Het is gemakkelijk te begrijpen,' zei Grietje.

Een paar minuten later stopte het meisje de auto naast een eenzame klif. Max stapte uit en nam Kurbjuhns lichaam mee. Hij droeg het helemaal naar de zee. Het zou moeilijk zijn om te herstellen, omdat het het gemakkelijkst was om tussen de rotsen te blijven. Het zou in ieder geval lang duren voordat ze erachter kwamen, aangezien dit geen geschikte plek was om te zwemmen; wat de vissersboten betreft, die kwamen nooit in de buurt van de rotsen.

Max liep terug naar de auto.

Hij leunde achterover in de stoel naast Grietje, zonder een woord te zeggen. De vrouw nam het adres van Stockholm zonder voorafgaand overleg en was vastbesloten het stilzwijgen van Max te respecteren.

De Duitser stak een sigaret op en rookte terwijl hij wezenloos staarde.

'Kurbjuhn was degene die zijn hand naar mij uitstak toen ik, na mijn desertie, Zwitserland wist te bereiken,' fluisterde Max ten slotte. Hij was er toen en samen verhuisden we naar het noorden om ons werk te doen. Kurbjuhn zei altijd dat hij Duitsland had verlaten en op een dag zou terugkeren. Nog eentje die het niet gaat redden.

Grietje vroeg, zonder naar de man te kijken:

'Waarom de desertie van de Wehrmacht, Max?

"Waarom?" herhaalde Max met een vreemde glimlach. Het kan in een paar woorden worden uitgelegd: hij kon de moorden op de SS en de "Einsatzgruppen" niet verdragen; ze maakten met de grond gelijk wat het leger liet staan. Dat wil zeggen: vrouwen en kinderen. Elke boer was voor hen de gevaarlijkste van de guerrillastrijders. Ik heb duizenden mensen zien sterven, en masse, in een paar minuten. Joden ... Dus wat? Ik weet ook niet hoe menselijk Dr. Becker is. Ik verwijs naar een SS-commandant, een wetenschapper, die de grote ontdekking deed van de "S"-trucks ...

Grietje huiverde bij de droge, duidelijk valse lach van Max Kropelin.

'De 'S'-trucks...' herhaalde Max. Ik kan het nooit vergeten! Nooit! Het is meer dan tien maanden geleden dat ik de laatste zag en het is me nog steeds niet gelukt mijn ogen te sluiten zonder de show te zien ... De "S"-trucks ...

De "S"-vrachtwagens waren gesloten voertuigen en zo gebouwd dat bij het starten van de motor de gassen de kist binnendrongen, waardoor de gevangenen in een tijd van tien of vijftien minuten de dood vonden. Vrouwen en kinderen reisden in deze klasse van vrachtwagens, en dit soort dood werd bedacht om massa-executies voor de SS draaglijker te maken, aangezien velen van hen getrouwd waren en kinderen hadden, en er werd geprotesteerd tegen de dood. tot de "morele marteling" van het neerschieten van vrouwen en kinderen die werden bedrogen en hen verzekerden dat ze naar een concentratiekamp zouden gaan. Zoals te zien was, neigde het idee alleen maar naar de beulen, omdat ze op deze manier werden verlost van hun wapens tegen weerloze groepen. Vervolgens klaagden enkele chauffeurs van de "S"-vrachtwagens,

'Het spijt me dat ik je dit heb verteld, Max,' mompelde Grietje.

'Maak je geen zorgen,' zei de Duitser droog. Behalve dat ik het niet kan vergeten, wil ik ook niet dat dat gebeurt. Tenminste zolang als de nazi-partij Duitsland bezit. Wist je dat ik in Rovno lag, in het ziekenhuis, met een lichte verwonding, bij de overval op een blok leegstaande mannenhuizen? Er waren hoogstens vijftig of zestig ouderlingen. Ik zag ze de lijken van hun kleinkinderen slepen... Het concrete antwoord op de reden voor mijn desertie is: ik wil geen monster zijn, Grietje.

'Ik begrijp het, Max,' fluisterde het meisje en wierp een vluchtige blik op de man, wiens gezicht nog steeds getekend en bezweet was.

Max probeerde zichzelf te bedaren en zei:

'Naar Hotagen Street, Grietje. Daar is het hotel waar Kurbjuhn werkte.

Grietje stelde geen vragen. Eigenlijk had die reactie van Max haar verdacht.

'Ben je van plan iets te halen? -' is het enige wat hij vroeg.

"Jean Maurvalier logeert daar; Ik vermoed dat het Yfremov zelf is, en hij is geen onbekende in de moord op Kurbjuhn.

Ze spraken niet meer; de auto gleed over de lanen en bruggen die de kleine eilanden met elkaar verbinden, richting Hotagen Street, vlakbij het nachtkastje waar Max en het meisje elkaar hadden ontmoet, en waar Max Kurbjuhn een paar keer had ontmoet.

Max had nog een sigaret opgestoken en werd rustiger toen hij het hotel naderde. De Duitser wist heel goed dat een zenuwuitval hem het leven zou kunnen kosten, en misschien nog iets anders, aangezien hij altijd maar één ding in gedachten had: hij vocht ook tegen de Gestapo. Meer dan eens vroeg Max zich af wat zijn ergste vijand was.

'We komen eraan, Grietje, nu rustig aan doen,' beval Max, twee blokken van het hotel.

Grietje gehoorzaamde en trok de auto naar het trottoir, eenzaam op dit uur van de nacht. Er waren een paar lichten die flikkerden en de donkere weg een gloed gaven.

Het meisje keek Max aan en vroeg:

'Denk je dat ik je kan helpen, Max?

"Je moet verdwijnen", gromde de Duitser. Wat als ze mij ook zouden elimineren?

"Nou ... het Sovjet-netwerk zou nog steeds intact zijn ...

"Zolang er iets met je gebeurt, onderbreekt Gretel Max." Als ik val, zijn er anderen in Stockholm. Onthoud deze naam: Oto Giessemann; en haar adres: Lüdvika, 33. En onthoud ook dat je voor jezelf moet zorgen.

"Ja, Max.

Max stond op het punt de auto te verlaten, maar hij stopte even en keek naar Grietje's lippen, die haar gezicht naar voren had bewogen en op zoek was naar Max' blik.

De Duitser boog zich voorover en drukte zijn lippen op die van Grietje. Kort daarna zou hij, zonder een woord te zeggen, weglopen in de richting van het hotel, de vrouw achterlatend met een ernstige, serene uitdrukking, maar met een lichte opwinding in haar borst.

3

Max Kropelin kwam het hotel binnen. De "Malnihöus" was tweederangs, ingehouden, maar schoon en met een acceptabele service. Het gebouw was drie verdiepingen hoog, massief, sierlijk, oud.

Er waren op dit moment heel weinig mensen in de lobby en ze schonken aan niemand aandacht. Max ye liep naar de receptie, waarachter een jonge man stond met gebleekt blond haar,

'Ruimte voor vanavond,' zei Max.

De blondine wierp een discrete blik op Max' huis, ongetwijfeld op zoek naar de bagage.

Max glimlachend, verduidelijkt:

"Ik heb geen bagage. Ik betaal mijn accommodatie uiteraard vooraf.

De jonge man knikte en opende het logboek, dat was een manier om identificatiedocumenten te vragen, Max wreef over een kaart, verstrekt door Horst Anthelme zelf, waarop stond: Rhudy Carlsen, van tweeëndertig jaar oud, van Malmö.

De enige zekerheid van die gegevens was de leeftijd.

Terwijl de receptioniste de details in het grootboek noteerde, gleed Max zijn doordringende blik over de andere namen die in het boek waren opgenomen en vond al snel die van Jean Maurvalier. Tweede verdieping, kamer 27.

Kort daarna was Max alleen in kamer 38, op de bovenste verdieping.

Hij stak een sigaret op, liep naar het brede raam en tuurde naar buiten. Hij zuchtte, teleurgesteld. Van daaruit zou het onmogelijk zijn om de flat van Maurvalier of Yfremov te bereiken. Gebruik daarom een veel directere methode: stel jezelf voor door de deur van de kamer.

Het kostte hem een paar minuten om te beslissen, in de veronderstelling dat Maurvalier waarschijnlijk niet in zijn kamer was. Misschien waren ze nog steeds op zoek naar Kurbjuhn. Dit zou zijn werk natuurlijk gemakkelijker kunnen maken, aangezien hij de bagage van de Rus grondig kon doorzoeken.

Hij verliet zijn kamer en daalde de trap af zonder de minste struikeling. Het nummer 27, dat aan de deur van die kamer was geplakt, viel voor zijn ogen op.

Max voelde het pistool en wachtte een paar seconden, luisterend naar voetstappen.

Kort daarna manipuleerde hij snel het slot. Toen zijn voorhoofd begon te druipen van het zweet, klonk er een gedempt metaalachtig geluid. Max duwde het mes en ging snel de kamer binnen. Hij sloot de deur en haalde een zaklamp uit zijn zak.

Een snelle wandeling in de lichtstraal overtuigde hem ervan dat de kamer leeg was.

Hij liep naar een kast die aan de rechtermuur was vastgemaakt en schoof de deur open. Een hangend pak en een koffer verschenen voor zijn ogen. Hij betastte het pak zonder het geritsel van papier te horen dat hij verwachtte. Hij herinnerde zich nog heel goed dat Grietje hem had verteld dat Yfremov een envelop met instructies bij zich had.

Hij opende de koffer, die helemaal leeg leek.

Max knarsetandde en gromde een vloek. Hij begon aan de koffer te voelen, tevergeefs. Het was heel eenvoudig en een dubbele bodem was niet denkbaar. Dat moest natuurlijk nagekeken worden...

Op die momenten was Max verlamd, bijna verblind door het licht, veel intenser dan dat van de zaklamp, die plotseling in de kamer was gemaakt. Toen hoorde hij de deur van de kamer zachtjes sluiten en een stem:

"Beweeg niet. Ik richt me op jou.

Max stond stil, gespannen, aandachtig voor die klik die hem naderde. Een vrouw. Een vrouw met een vreemd buitenlands accent en een wat hese, dikke, suggestieve stem, maar ook hard.

Wat zocht je hier? Wie ben jij?", vroeg de vrouw.

Max draaide zich met een glimlach om. Een blik van verbazing sprong in zijn ogen toen hij de vrouw zag.

Ze was lang, met een wuivend lichaam, strak bij een donkere jurk, hoewel het niet zo donker was als haar haar, heel zwart, glanzend, heel lang. De ogen van de vrouw, ook zwart, stonden schuin en wezen iets omhoog, wat de indruk wekte dat een deel van de voorouders van de vrouw Aziatisch was; Mongools misschien.

Zijn mond was rood, een beetje groot; de lippen waren nu strak.

'Nou...' begon Max. Mijn naam is Rhudy Carlsen, en ik werd geïnformeerd over de portefeuille van Mr. Maurvalier. Ik dacht dat het de moeite waard was om voor wat wisselgeld te proberen. We hebben slechte tijden, weet je.

De vrouw was onbewogen; geen gebaar; hij hield nog steeds een pistool stevig vast.

'Je ziet er niet uit als een hotelzakkenroller, Carlsen,' zei hij met die diepe, dikke stem.

'Dank u, mevrouw,' zei hij. De waarheid is dat ik dat niet altijd ben geweest. Maar in het aangezicht van de honger...

"Stil!

Max haalde zijn schouders op.

'Oké,' gromde hij. Bel de politie.

De vrouw knipperde met haar ogen, wat Max een spottend lachje opleverde.

"Of bent u niet geïnteresseerd in het ingrijpen van de politie? "Vroeg de Duitse-". Jij bent Russisch, toch?

De vrouw leek ongemakkelijk; Hij toonde het door het lichte trillen van zijn pistoolhand.Hij beantwoordde Max' vraag niet. Net gezegd:

'Ik ga beter doen dan de politie bellen. Draai je rug.

Max draaide zich langzaam om; maar met al zijn zintuigen gespannen, wachtend op zijn kans. Dit gebeurde toen de vrouw twee stappen naar voren deed en haar gewapende arm ophief.

Max draaide zich woest om, geen spoor van een glimlach meer, en wist de klap half te ontwijken; Ze klemde het in haar schouder, maar de pijn, die heel draaglijk was, weerhield de vrouw er niet van plotseling haar mond wijd open te doen en haar best te doen om geen kreet van pijn te uiten, toen Max' vingers haar arm grepen...

De Duitser liet haar abrupt los en griste het pistool van haar af. Max' tweede actie was om de vrouw met geweld te slaan, en ze deed een paar stappen achteruit, totdat ze op het bed struikelde.

Ze stond daar hijgend, woedend voor Max, die zijn eigen pistool had getrokken en op de vrouw afkwam.

„Waar is Yfremov?" vroeg hij droog.

De vrouw, die kalmeerde, zei alleen:

"Yfremov?

Max glimlachte koud. Hij kwam dichter bij de Rus en greep haar bij de haren; Hij trok zich terug en dwong de vrouw haar gezicht hoog op te heffen.

"Denk je dat ik het erg zou vinden om haar te vermoorden?" fluisterde Max. U bent zich er niet van bewust dat er in het soort strijd dat we hebben gekozen geen concessies zijn.

'Schiet maar,' zei de vrouw laconiek.

Max lachte.

"Nee. Niet hier, tenminste', zei hij. Was jij de link die Yfremov zou moeten ontvangen? Was jij het die Kurbjuhn ontdekte?

"Ja.

Max knikte.

'Kurbjuhn is dood,' zei hij. Ik wist het?

"Ik heb het me verbeeld. Ik zie dat je tijd had om met iemand te communiceren.

"Misschien een beetje laat... voor hem natuurlijk" gromde Max. Hoe dan ook, we weten dat het leven van een man tegenwoordig van weinig belang is. Een vrouw maakt ook niet meer of minder uit.

"Ik geef om de mijne", zei de vrouw.

"Ik begrijp. Betekent dat dat ze bereid is te praten? - 'Vroeg Max.

"Ja.

De Duitser zuchtte.

"Perfect. Maak het je gemakkelijk,' zei ze, terwijl ze haar haar losliet.

De Rus, heel sereen, begreep door zich op zijn gemak te stellen door zichzelf zo te positioneren dat Max de vorm van haar knieën kon aanschouwen, waardoor de Duitser zich even deed herinneren aan Grietje. De Rus had natuurlijk niets om Grietje te benijden. Ze had op het bed gezeten, haar benen over elkaar geslagen, zodat Max, om haar aan te kijken, zijn rug naar de slaapkamerdeur toedraaide. "Ik doe dit niet voor het geld," begon de vrouw. " Ik slaagde erin te ontsnappen uit een concentratiekamp. Ik kon niet terug naar Rusland en durfde ook niet in Oost-Europa te blijven. Mijn oplossing was in een neutraal land: Zweden. Het kostte me veel tijd om in Stockholm te komen,' zei ze terwijl ze haar hoofd boog, alsof ze zich schaamde voor iets dat ze had moeten doen.

Max schrok niet. De Rus loog schaamteloos; daar was hij volkomen van overtuigd. Die vrouw was een professionele spion,

'Ga je gang,' zei Max.

"-Eens in Stockholm kreeg ik bezoek van een man die suggereerde dat ik zou optreden in kleine verbindingsmissies van geen belang, maar dat zou me in staat stellen om met enig gemak te leven en bovendien met de tevredenheid van degenen die weten dat het bruikbaar,

"Wie is die man?" vroeg Max.

"Ik weet het niet. Ze hebben me niet veel vertrouwd. Ik ontvang bestellingen op de meest onverwachte plaatsen en wanneer ik begin te geloven dat ze me zijn vergeten. Deze keer kreeg ik het bevel om in dit hotel op Yfremov te wachten en als link te dienen om hen te bereiken. Ik heb het net gedaan. De rest van mijn missie is wachten op het bevel om van woonplaats te veranderen, zoals bij elke andere gelegenheid. Ik hoorde je het slot openmaken en greep stom tussenbeide. Dat is het, ongeveer.

"Hoe heet je?" Vraagt Max.

"Sonia Yourskof.

'Wist jij ook niet van Yfremovs missie?

"Nee.

Max lachte.

"Eindelijk; Denk je dat ik een enkele van je woorden heb ingeslikt?'vroeg hij, stopte met lachen en naderde Sonia woedend.' Bijvoorbeeld: wat deed hij om Yfremov in contact te brengen met anderen?

De Rus tuitte lichtjes haar lippen.

'Oké, zei Max. Laten we gaan.

"Waarheen?

"Met mij. Naar mijn huis. Het is veel discreter dan een hotel. Kom op, gromde Max.

Sonia verliet haar nutteloze houding en stond op. Zonder een woord te zeggen liep ze naar de slaapkamerdeur, gevolgd door de woedende Duitser.

De vrouw deed de deur open en ging de gang in. Toen Max op het punt stond hetzelfde te doen, werd hij pijnlijk verrast door een slag van de loop van een pistool op de vingers van zijn rechterhand. Haar pistool stuiterde van de vloer en een voet raakte haar en stuurde haar naar de achterkant van de kamer.

Toen Max er nog steeds niet in was geslaagd te reageren, sloeg een vuist in zijn maag waardoor hij zich dwong voorover te buigen, pijn, versuft. Een klap op het voorhoofd wierp hem terug.

In een dikke mist zag hij de man die, nadat hij de kamer was binnengekomen, de deur aan het sluiten was.

Beiden werden daar alleen achtergelaten, terwijl Sonia was verdwenen.

"Gestapo? "De man mompelde,

"Nee.

"Oh... een van die ongelukkige anti-nazi's" glimlachte die man, mollig, een beetje kaal en bijna goedaardig gezicht. "Je mist organisatie of, wat op hetzelfde neerkomt, kracht. Hoe heb je me in Parijs ontdekt?

'Misschien zijn we niet zo zwak als je denkt, Yfremov,' zei Max, die herstellende was van de klappen.

"Hoe dan ook, jullie vechten voor iets dat ik haat, begrijpen jullie?" Mompelde de Rus, zijn gezicht verstrakte, dat een onvermoede hardheid aannam.

'Dat is niet waar,' gromde Max. Het communisme gedijt op jongens zoals jij. Het gaat niet om haat, maar om systeem.

Yfremov lachte weer.

"Daar gaan we het nu niet over hebben", zei hij. Open het raam.

Max fronste zijn wenkbrauwen. Hij staarde naar het pistool dat de Sovjetagent vasthield. Erg goed. Open het raam.

Toen de koele, vochtige lucht de kamer binnenstroomde, haalde Max diep adem. Plotseling verstijfde hij, zich realiserend wat Yfremov van plan was. Zijn poriën gingen open en dikke zweetdruppels druppelden naar beneden die op het lichaam van de Duitser leken te bevriezen.

'Spring,' beval de Rus droogjes. Met een beetje geluk kan hij worden gered.

Dat was een kans van één op duizend, en Yfremov wist dat maar al te goed. Vandaar de licht ironische toon.

"Is er nog iemand beneden?" vroeg Max, wanhopig wachtend op tijd.

"Natuurlijk.

"Begrijpen. Ze zullen me afmaken met twee schoten in de achterkant van mijn nek en ze zullen mijn lichaam snel laten verdwijnen ", zei Max.

'Je bent slim,' glimlachte Yfremov. Springen?

Max haalde diep adem. Hij berekende snel zijn kansen om uit deze situatie te komen. Hij sloot de salto naar de straat onmiddellijk uit. Een kogel, als hij erin slaagde Yfremov te verontrusten, zou echter slechts mild kunnen zijn. Hij zou in ieder geval vechten.

De Duitser spande zijn spieren en spande zijn benen een beetje. Ik zou springen, ja, maar...

Tegen wat hij verwachtte, vuurde Yfremov niet. Het leek erop dat de Rus die reactie verwachtte, aangezien hij snel opzij stapte, terwijl hij met zijn rechtervoet tegen Max' kin schoot. Yfremov was echter verrast door het geweld van Max, die zelfs de klap wist af te wenden door de voet van de Rus met beide handen vast te grijpen.

Max liet een stille lach horen die het haar van zijn vijand deed oprijzen, die niet anders kon dan zijn evenwicht te verliezen en achterover te vallen. Nadat het lichaam de grond had geraakt, weerklonk er een ander, licht scherp, en het was Yfremovs kroon op de grond als gevolg van een woeste stoot van Max tegen de volle neus.

De Duitser ging rechtop zitten en zocht naar het pistool op de grond. Toen hij echter zijn hand uitstak, werden zijn vingers tegen de grond gedrukt, verpletterd door de voet van de Rus, die begon op te stijgen.

Max, met opeengeklemde tanden, ellebogen woedend in de maag van de Rus, die een hese kreun slaakte en op zijn zij viel.

Het leek echter verrassend te stuiteren voor Max, die niet kon geloven dat deze kleine man zoveel energie kon tonen.

Toen hij zich herinnerde dat het een Sovjet-agent was, had hij al een stomp in de borst en een andere in de kin gekregen, waardoor hij terug naar het raam moest gaan, erin ingelijst.

Yfremov sprong naar hem toe, strekte zijn beide handen uit en greep naar de nek van de Duitser.

Snikken begonnen te stromen. Het zweet druppelde in heldere strepen over de gezichten van beide mannen. Max's begon een paarse kleur te vertonen die steeds meer van toon werd.

Ten slotte slaagde Max erin zijn rechterknie op te tillen en hem in de onderbuik van Yfremov te duwen. Zijn handen leken sterker te worden, alsof hij de pijn probeerde te verzachten door iets vast te pakken. Natuurlijk was dat iets de nek van Max, die woest de klap herhaalde,

En hij merkte meteen dat hij bijna normaal kon ademen, toen Yfremov de druk op zijn keel liet ontsnappen.

Bezorgd slikte Max lucht naar binnen en leunde voorover, bijna gehurkt, zodat zijn hoofd tegen de buik van de Rus werd gedrukt. Abrupt stond hij op en tilde Yfremov op, die in een oogwenk, en bij Max' beweging met zijn armen, hem naar achteren duwde, door het raamkozijn ging en zich in de leegte stortte.

Er klonk een bloedstollende schreeuw en seconden later een doffe schok, waardoor Max zijn ogen even moest sluiten. Hij had zich vluchtig ingebeeld dat hij misschien degene was die de weg op zou gaan.

Zonder naar de straat te kijken, rende hij naar de deur van de kamer toen er buiten geruchten begonnen te klinken.

Met het pistool in zijn hand keek hij even met zijn ogen naar Sonia. Nutteloos. Sonia was verdwenen en hij had daar niet veel tijd te verliezen.

Snel bereikte hij de derde verdieping en sloop zijn kamer binnen. Zonder het licht aan te doen, keek hij door het raam naar beneden en zag een vreemd schouwspel.

Twee gewapende mannen waren naar Yfremov gesneld. Na een korte aarzeling viel een van hen het lichaam aan en rende naar een auto die op korte afstand van de hoteldeur geparkeerd stond, terwijl de ander, ook achteruit, de mensen die begonnen te arriveren en een medewerker op afstand te houden met zijn pistool. van het hotel dat aan de deur was verschenen.

Slechts enkele seconden later begon een motor te snurken en reed de auto met indrukwekkende snelheid weg.

Max balde woedend zijn vuisten.

En die verdomde Sonia?

Nou... Het lijkt erop. Het belangrijkste op die momenten was om het hotel ongestoord te verlaten. De Zweedse politie zou arriveren en veel over de gasten willen weten.

4

Het gemakkelijkste was om van het dak van het hotel naar dat van het aangrenzende gebouw te gaan. Max daalde de trap af en bereikte de straat, verdwijnend uit die contouren.

Hij liep snel, maar niet genoeg om de aandacht te trekken, totdat hij een bar vond. Een minuut later zat hij in de telefooncel te wachten op een antwoord op zijn oproep.

'Zeg,' klonk een stem.

'Ik wacht bij mij thuis op je, Otto,' gromde Max.' Ga er nu uit.

"Wat is er, Max?" vroeg de ander.

"Het is een beetje lang om uit te leggen. Dit is iets belangrijks; iets dat echt de moeite waard is.

"Goed ik ben blij. Het werd hoog tijd dat we goed waren voor meer dan alleen maar dom rondneuzen of voortdurend de Gestapo uitsluipen. Ik ga daarheen, Max.

Ze hingen op, Max ging de straat op en ik begon te lopen, woedend denkend aan zijn pech. Yfremov was verdwenen, net als Sonia, wat de zaken ingewikkeld maakte of in ieder geval het moment van serieus werken tegen het Sovjet-sabotagenetwerk vertraagde.

Wat betreft de instructie-envelop, het was al dom om erover na te denken, aangezien Yfremov erin was geslaagd om het aan zijn metgezellen te bezorgen.

Max stak bijna verlaten straten over tot hij de scheepswerven bereikte, vanwaar je de ramen van zijn huis kon zien. Hij had haast om erachter te komen of de mannen die Kurbjuhn achtervolgden het hadden gehaald of hem helemaal uit het oog waren verloren, zoals het op het eerste gezicht leek.

Toen glimlachte hij een beetje, denkend aan de haast die de Russen hadden genomen om Yfremovs lichaam te redden. Eigenlijk hield dat soort strijd, doof, donker, allerlei gevaren in, te beginnen met gek worden van angst.

Drie minuten later stond Max voor zijn deur. Hij opende en deed het licht aan.

Hij hoorde meteen een zucht van verlichting en zag de man met het pistool.

'Ik begon me zorgen te maken, Max,' gromde Otto Giessemann. Ik dacht dat je me hier vandaan belde.

Zonder te reageren wierp Max een blik door de gang en liep toen de binnenkamers in, controlerend of er niets was aangeraakt. Dit betekende dat de Russen Kurbjuhn daar niet hadden kunnen volgen, wat een opluchting was.

Toen hij in de woonkamer kwam, stak Max een sigaret op en Otto explodeerde:

"Maar wat is er in godsnaam aan de hand?" vroeg hij.

Max staarde hem aan en gromde:

Ga zitten, Otto.

Giessemann gehoorzaamde. Dit was een lange, massieve man met imposante spieren en een sluw brein. Zijn hoofd was bijna vierkant, blond; kort haar, met wat voortijdige vergrijzing, aangezien Otto ongeveer zo oud was als Max.

Max, die korte wandelingen door de kamer maakte, legde uit wat er was gebeurd sinds ze die nacht bij zijn huis waren aangekomen, vergezeld van Grietje, en eindigde toen hij de auto zag die de opgepakte Yfremov vervoerde, vluchtte.

'Kurbjuhn...-' fluisterde Otto. Ik kan het niet geloven, Max.

'Hou op met dat gezeur,' gromde Max. Zoals je kunt zien, hebben we de mogelijkheid verloren om eerder te eindigen, aangezien Yfremov stierf zonder dat ik hem kon dwingen zijn tong los te maken. Daarom hebben we maar één aanwijzing om te volgen en het zal niet gemakkelijk zijn: Sonia.

'We gaan veel tijd verliezen,' mopperde Otto. In plaats van deze mensen zou ik Sonia in een vitrine bewaren totdat de sabotage die ze voorbereiden was uitgevoerd.

'Je kunt meer doen,' zei Max. Bijvoorbeeld: uitzoeken welke schepen met een lading staal naar Duitsland gaan, begrijp je? Als we de lijst van die schepen bezitten, kunnen we waarschijnlijk voorkomen dat ze worden gesaboteerd. Natuurlijk zullen we een aantal van onze mannen moeten mobiliseren.

Otto knikte.

"Welk systeem gebruiken ze om de schepen te besturen? Hij vroeg.

"Ik weet het niet!" gromde Max.

Otto zuchtte licht en stond op.

"Ok, Max. Vanavond gaan we in beweging. Ik vraag me af of dit enig goed zal doen met betrekking tot de oorlog, ik bedoel of het zal helpen om eerder te eindigen', zei hij.

"Wie weet?

"Dat is het ergste: de onzekerheid", mompelde Otto. " Ik zou alles geven om morgen terug te kunnen keren. Ik woonde echt heel goed op mijn boerderij. Wist je dat voordat ik naar het Russische front verhuisde, we als dienstmeisje een mooi Pools meisje kregen, Max?

Max glimlachte een beetje.

"Je hebt het al zo vaak uitgelegd, Otto" zei hij "; Ze heeft de grootste ogen die je ooit hebt gezien en ze is sterk, lief en onderdanig. Je zou met je ogen dicht met haar trouwen en je zwoer je broer dat je hem zou vermoorden als er iets met haar zou gebeuren.

Otto's ogen, heel helder, flitsten.

'Dat klopt,' gromde hij. Ik zal het meisje teruggeven wat ze verloren heeft. Ik hou niet van slavernij, Max.

Max spande zijn kaken.

'Oké,' zei hij. We komen op een dag terug, Otto. Ondertussen moeten we blijven vechten. Dit is een goede gelegenheid om de ondergedoken anti-nazi's ervan te overtuigen dat we iets kunnen doen, als we ons maar verenigen.

'Daarmee bedoel je dat je hier wegkomt en aan het werk gaat, toch?', gromde Otto.

"Precies.

De twee mannen begonnen in de richting van de deur van het appartement te lopen. Ze stopten plotseling en hoorden het geluid van voetstappen die de deur naderden,

De reactie van Max was onmiddellijk. Hij wenkte Otto om zich te verbergen en deed het licht uit, net toen er een schuchtere klop op de deur klonk.

Max glimlachte vreemd en met het pistool in zijn rechterhand opende hij de deur en deed een stap opzij.

'Gretel...' mompelde hij verbaasd.

De vrouw leek opgelucht Max te zien.

'Ik dacht dat er iets met je was gebeurd, Max,' zei hij terwijl hij door de vloer drong.' Ik ben naar de "Malnihüus" geweest voordat ik besloot hierheen te komen.

Max fronste,

"Nou?" vroeg hij.

"Ik heb iets belangrijks ontdekt.

"Mee eens. We zullen praten.

Otto was weer verschenen en Max maakte de introductie kort. De drie keerden terug naar de woonkamer.

Grietje pakte de bank en Otto ging op een stoel zitten. Max nam zijn voorkeurspositie in, met zijn gezicht naar hem toe. raam.

"Ik heb je niet alleen gelaten, Max," begon Grietje. " Ik zette de auto iets verder naar voren en naderde het hotel. Ik dacht dat het een nutteloze tijdverspilling zou zijn om daar op je te wachten, toen er een auto arriveerde en een vrouw uitstapte op weg naar het hotel. Misschien was het een voorgevoel, maar ik besloot te blijven wachten, kijkend naar de andere drie inzittenden van het voertuig, die na tien minuten ongeduld begonnen te vertonen. Een man daalde neer... Was het Yfremov?', vroeg Grietje.

Max haalde diep adem.

'Het was Yfremov,' zei hij.

"Ja" grijnsde Grietje. Kort daarna werd diezelfde man uit een raam gegooid en ik was verrast door de houding van de anderen, die zich haastten om het lichaam op te halen en van daaruit verdwenen. Een paar minuten daarvoor was die vrouw weer verschenen en in de auto gestapt. Toen het begon, begon ik de mijne.

"Perfect," mompelde Max. " Heb je ze gevolgd?

"Ja. Zelfs een huis aan de rand, heel dicht bij de zee "zei Gretel", zei ik tegen mezelf dat het het beste zou zijn om je dat te laten weten. Toen ik je niet in het hotel kon vinden, na enkele zeer discrete vragen, begon ik na te denken over de mogelijkheid dat er iets met je was gebeurd.

Max glimlachte en keek naar Otto,

"We hebben geluk gehad", zei hij. Eens kijken, Grietje. Was er iemand in dat huis?

"Ik weet het niet. Ik vond het niet verstandig om te dichtbij te komen, in ieder geval was er geen licht.

'Dat zegt niets,' gromde Max. Het is daarom echt belangrijk om deze kans om deze Sovjetgroep te elimineren niet te missen. Op deze momenten zouden we succesvol kunnen zijn, ze vermoeden niet dat ze gevolgd zijn.

"Denk je eraan om daarheen te gaan?" vroeg Otto.

"Zo simpel is het,

"Wij alleen?" vroeg Otto.

"Ik denk niet dat het er meer dan drie zijn," antwoordde Max. "Aan de andere kant hebben we de verrassing in ons voordeel. Wandelen.

Een paar minuten later zaten ze in de auto die Gretel had gehuurd. Ze kroop achter het stuur en Max naast haar. Otto ging op de achterbank zitten.

De auto startte en ze reden de eerste minuten in stilte door. Grietje sneed het af.

"Het is vreemd, Max," mompelde hij. "Toen ik je in het hotel uit het oog verloor, kreeg ik het gevoel dat er iets ontbrak en ik was bang, geloof je me?

Max keek haar aan; Hij kon alleen de contouren van het exotische gezicht van de vrouw zien, die had gesproken zonder naar Max te kijken, starend naar het asfalt. Hij zag Grietjes dunne lippen, haar lange wimpers.

"Waarom niet?" peinsde Max. Je verwacht altijd dat zoiets gebeurt. Als hij aankomt, is hij verrast. We zijn enigszins gedemoraliseerd, Grietje, en we klampen ons vast aan alles wat ons terug kan brengen naar de realiteit dat het leven doorgaat. Een van die dingen is liefde.

'Liefde...' fluisterde Grietje.

Otto, van achteren, ving dat gefluister op en huiverde. Hij herinnerde zich het Poolse meisje met de grote ogen en de lieve blik. Verdomde oorlog! Hij hield van haar en moest bij haar weg zijn. Max had in ieder geval meer geluk, aangezien Grietje erbij was. Veel dingen verliezen aan belang wanneer er iets zo intens als een pasgeboren liefde bij betrokken is.

Otto's liefde voor de Poolse slaaf was ook pasgeboren, kwellend.

Hij herinnerde zich nog heel goed de dag dat de SS het aan zijn boerderij toekende, aan de boerderij van Giessemann, allemaal behorend tot de nazi-partij, inclusief Otto, totdat hij zijn eerste wapens maakte aan de Russische grens. Daar begon hij afschuw te krijgen van de oorlog, de SS en zelfs van zichzelf. Van daaruit wist hij te vluchten. Op een dag, als die ballingschap te lang zou duren, zou hij naar Duitsland gaan om de Pool te zoeken.

"Er is licht in huis", zei het meisje. Het is de tweede aan de linkerkant van de weg.

Max berekende snel de afstand en bestelde:

Rustig aan, Grietje. De rest kunnen we heel goed te voet afleggen.

De auto verliet de weg, het open veld in, achter een groep bomen.

****

Een krachtige zaklamp verlichtte die vreemde grot. Twee mannen, zwijgend, gespannen, zonder dat hun gezicht ook maar iets uitdrukte, kleedden zich om, zich helemaal niets aantrekkend van de aanwezigheid van een vrouw, een mooie Rus die de lantaarn vasthield.

Binnen enkele minuten waren deze mannen in hun donkere rubberen pakken gepropt, hun handen bloot en hun gezichten besmeurd.

In de grot, in het nauw gedreven, was er een opblaasbare boot, met net genoeg capaciteit voor twee personen. In een andere hoek stond een houten kist vol vreemde voorwerpen. Er was ook een klein arsenaal, bestaande uit machinepistolen en handgranaten.

"Klaar, Sonia" klonk een stem.

De vrouw liep een paar stappen de tunnel in, terwijl een van die mannen de boot nam en de andere enkele van de artefacten die in de houten kist zaten.

Ze volgden Sonia, die de lichtstraal op de vochtige aarde van de tunnel projecteerde.

Kort daarna bereikten ze de bodem van de tunnel en tussen de twee mannen, nadat ze hun artefacten even op de grond hadden gelegd, draaiden ze een rots rond, net genoeg zodat hun lichamen door de opening konden glijden.

Na een flinke inspanning van beiden bewoog de rots en kwam de grot, onmiddellijk, de koele en vochtige bries van de zee en de onmiskenbare geur van salpeter.

Je kon het geluid horen van de golven die tegen de klif sloegen en sommige deeltjes opgespoten water drongen door dat gat.

Een van die mannen liet de boot los, die onmiddellijk zwol en tussen enkele rotsen tot stilstand kwam. Toen daalde een van de kerels af, pakte het op en stak zijn hand uit om de artefacten die zich uit de opening uitstrekten gemakkelijk te positioneren.

Kort daarna voer de boot, met de twee mannen en hun explosieve lading, geruisloos de wateren van de Oostzee in.

Ze hadden het gat eerder van buitenaf gedicht met een zware steen die voor dat doel was voorbereid.

Sonia, kalm, verlicht voor de terugkeer, weg van daar.

Hij kwam bij een ruwe, onverharde trap en ging naar boven. Met beide armen duwend hief hij een val met een tapijt op en deed het licht in die kamer aan.

Hij ging naar de telefoon, die aan de muur hing, een paar passen van het raam van die kamer, die uitkeek op de zee, donker, verontrustend.

Hij pakte het apparaat en toetste een nummer in. Toen ze de oproep beantwoordden, zei Sonia:

"Klaar.

"Tegen wanneer?" vroeg een stem.

"Ding van een half uur; misschien minder "zei Sonia.". Jij kan?

Er klonk een hese lach, enigszins sarcastisch,

'Wat dan ook,' zei die stem toen.' Wat is er met deze Yfremov gebeurd?

"Dood" antwoordde Sonia.

"Zal dat iets uitmaken?

"Ik denk van niet. Op dit moment ben ik alleen bekend door een anti-nazi-agent "antwoordde Sonia". Hoe dan ook, we zullen hierna werk hebben, begrepen? Het kan gevaarlijk zijn om die agent te laten zoeken.

"Nu al. We zullen hem anticiperen, toch?

"Zo mogelijk.

"Het moet zo zijn. Het moet gedaan worden. Je weet het al, Sonja. We doen geweldig werk en we hoeven het niet zonder slag of stoot op te geven.

Sonia tuitte haar lippen.

'Ik hou niet van je sarcasme,' zei hij tussen zijn tanden door. Het is waar: het moet. Je zei het al eerder: wat dan ook. Begrepen? En natuurlijk zullen we deze positie niet zonder slag of stoot opgeven. Het duurde te lang om hier te komen.

"Ik weet het...

"Ik hou niet van je onverschilligheid", zei Sonia.

Een spottend lachje klonk.

"Ben je bang dat ik de groep zal verraden?" vroeg de man aan de andere kant van de draad.

"Nou ... ik wil je alleen aan iets herinneren: de nazi's duwen ons Rusland in met een snelheid dat ik niet verrast zou zijn door iets dat hen voor de poorten van Moskou zou plaatsen. Weet je wat dat zou voorstellen? En weet je wat hun vooruitgang betekent? Honderdduizenden van onze mensen sterven en hun vernietigingskampen vullen zich met lichamen van Russen. Wat zeg je daarop?

"Ieder. Wist al. We kunnen die opmars niet stoppen, maar misschien zal het Amerikaanse materiaal dat wel doen. Het bereikt duizenden tonnen.

'Ik vertrouw liever op onszelf,' mopperde Sonia.' Blijf niet langer hangen.

"Het is in orde. Wat ga je doen?

'Rust,' mompelde Sonia, en er verscheen een grimas van uitputting op haar gezicht.' Tenminste, totdat ze terugkeren; het zal lang duren.

"Nu al. Doei.

Ze hingen de telefoon op en Sonia ging naar een doos op een tafel, waar ze een sigaret uithaalde. Ze stak het aan en rookte even, nadenkend, haar helderwitte voorhoofd gekruist door een verticale vouw.

Eindelijk liep hij langzaam naar zijn kamer. Ze lag gekleed op het bed, haar ogen groot en donker. Alleen de sintel van de sigaret gloeide van tijd tot tijd.

In gedachten stippelde hij de route van de opblaasboot in de richting van de stadshaven uit. Het was een duidelijk voordeel om op een neutraal punt te werken.

Kort daarna zocht hij de asbak en drukte de sigarettenpeuk eruit. Hij sloot zijn ogen en dacht dat hij misschien kon slapen.

5

Sonia opende haar ogen plotseling geschrokken. Hij spitste zijn oren en merkte duidelijk het geluid op dat iemand maakt als hij met een valse sleutel aan een slot trekt.

Hij sprong uit bed en bleef een ogenblik roerloos staan en beet op zijn lip.

Er was maar één oplossing mogelijk: het feit dat daar, buiten, iemand het huis probeerde binnen te komen, betekende niets goeds.

Sonia verliet haar kamer en glipte zwijgend, in het donker, in de richting van degene waarin de val was geplaatst die naar de tunnel leidde. Verwarde ideeën drongen zich op in zijn brein. Hoe was dat gebeurd? Wie zou ze hebben ontdekt?

Woedend opende ze de val en plaatste het tapijt zo dat wanneer het hout werd neergelaten, het volledig plat op de vloer lag en de val verborg. Dat deed hij op het moment dat er een metalen klik was, wat aangaf dat het slot het had begeven.

Met zaklamp in de hand rende hij naar de bodem van de tunnel. Er waren daar automatische wapens, of hij kon in ieder geval proberen door het gat te vluchten.

De vrouw, met zweetdruppels op haar voorhoofd, pakte een machinepistool en ging met haar rug naar de opening staan om te kijken of dit op een gegeven moment haar ontsnappingspunt kon zijn.

Het zweet steeg toen hij besefte dat deze inspanning totaal nutteloos was. De steen die buiten was geplaatst en het gat dichtte, was helemaal niet bewogen.

Hij herinnerde zich nog heel goed dat de twee mannen die kort daarvoor waren vertrokken hun toevlucht namen tot een harde gezamenlijke inspanning om te verhuizen.

Hij sloot even zijn ogen en zei tegen zichzelf dat hij moest kalmeren. Ze hadden haar tenslotte nog niet ontdekt en ze had een machinepistool in haar handen.

Hij deed de zaklamp uit en ging roerloos in een hoek staan, zijn ogen wijd opengesperd in het donker.

Een vreemde glimlach vouwde zijn lippen, denkend dat een plotselinge uitbarsting, bij verrassing, hem veel moeite zou kunnen besparen.

* * *

De deur begaf het en Max Kropelin stapte naar binnen. Otto en Grietje volgden, elk met een pistool in de hand en alle zintuigen gespannen.

'Misschien komt er een verrassing,' fluisterde Max. 'Er moet iemand zijn, want het licht is niet vanzelf uitgegaan. En daarna heeft niemand het huis verlaten.

Ze wachtten even om aan de duisternis te wennen en een idee te krijgen van de indeling van het huis.

Een vage vrouwelijke geur bereikte Max' neusgaten. Hij wierp een blik op een halfopen deur aan de achterkant van het huis. Hij glimlachte lichtjes en herinnerde zich nog heel goed hoe Sonia rook toen ze de 'Malnihöus' tegenkwamen.

'Bedek de andere deuren, Otto,' mompelde Max. Je gaat hier niet weg, Grietje.

Zonder op een antwoord te wachten, begon Max naar Sonia's kamer te gaan, zonder zijn zaklamp te gebruiken. Eigenlijk begon dat vreemd te lijken, aangezien er, volgens de verklaring van Grietje, minstens twee mannen in dat huis waren en Sonia sliep met de deur open. Dit was een beetje moeilijk voor Max om te assimileren, dus hij was uiterst voorzichtig en vroeg Otto mentaal hetzelfde te doen.

Toen ze de deur van de kamer bereikten, nam de geur van de Rus toe.

Max haalde diep adem en sprong zwijgend de kamer in.

Er was geen beweging in de kamer en Max, teleurgesteld toen hij het lege bed nu duidelijk genoeg zag, gromde van woede.

Hoe was dat mogelijk?

Hij keerde snel op zijn schreden terug en richtte zich tot Otto.

'We gaan de andere kamers onderzoeken,' zei hij. Het zou me niet verbazen als het huis een andere uitweg had en we op de een of andere manier werden ontdekt.

In twee minuten bekeken ze de drie kamers die deel uitmaakten van dit moderne gebouw, waarschijnlijk gebouwd door een gek of een wispelturige, bijna direct aan de rand van een gevaarlijke klif en van weinig panoramische schoonheid. Het leek er zelfs op dat het huis nog niet helemaal af was of dat er veel constructiefouten waren.

"Otto.

"Dat?

'Iets ruikt sterk naar mij,' gromde Max.

"Welk ding?

"Dit huis is in haast gebouwd door de Russen, uiteraard met toestemming, om te gebruiken als hoofdkwartier voor hun sabotageoperaties.

'Misschien heb je gelijk,' mopperde Otto. Dat betekent dat er meer moet zijn dan wat we zien, toch?

"De veiligste.

"Mee eens. We gaan zoeken', zei Otto.

Max dacht even na; dan zei hij:

"Terwijl jij de uitgang zoekt, die moet bestaan, zal ik Sonia's kamer doorzoeken. Misschien vinden we iets interessants; Het feit dat ze hier verdwenen zijn, betekent niet noodzakelijk dat ze ons hebben ontdekt. Misschien doen ze iets.

"Goed, Max.

Terwijl Otto de kamers begon te doorzoeken en zorgvuldig te onderzoeken, liepen Max en Grietje richting Sonia's kamer,

Max haalde de zaklamp uit een zak van zijn jas en richtte de lichtstraal in een cirkelvormige beweging door de kamer, en ontdekte op de schaarse meubels, bestaande uit het bed, een stoel, een nachtkastje en een klein dressoir, dat hij niet had Ik heb me vergist door te denken dat dit huis een noodopvang was.

'Kijk in het dressoir, Grietje,' zei Max terwijl hij naar het nachtkastje liep.

Gretel hoefde niet eens een enkele lade te openen. riep uit:

"Max!

De Duitser draaide zich snel om en liep naar Grietje, die een envelop in haar rechterhand hield. Max nam het aan en zuchtte toen hij het opschrift op de envelop zag; in het Russisch: «Shoversenno sekretno»

'Goed...' mompelde hij. Ik neem aan dat ik me niet vergis: dit is de envelop met instructies die Yfremov bij zich had.

Gretel beet peinzend op haar onderlip terwijl Max de zaklamp op het dressoir zette om de envelop te openen.

Hij scheurde een uiteinde en haalde de inhoud eruit,

"Verdomme!" mompelde hij teleurgesteld. Wat betekent dit in godsnaam?

De envelop bevatte een reeks papieren... blanco. Alleen witte lakens, zonder een enkele regel geschreven, zei Gretel:

'Misschien is het met mooie inkt geschreven, Max, 'ik had er niet aan gedacht', gromde de Duitser.' Hoe dan ook, ik begin te wantrouwen dat het zo is. Ik kan me niet voorstellen dat Sonia deze envelop op het dressoir vergeet, begrijp je? Bovendien doet dit me nog veel andere dingen vermoeden. Bijvoorbeeld: Yfremov kende de instructies uit zijn hoofd en reisde met deze envelop, die zijn leven zou kunnen redden, als een vijand, de Gestapo of wij, voor hem zou regelen, begrijp je?

"Ja. De envelop was een haak die, als hij was verdwenen, toen Yfremov hem droeg, hem zou hebben gewaarschuwd dat hij was ontdekt, en daarbij de voorzorgsmaatregelen zou hebben genomen die voorbestemd waren om te verdwijnen.

"Ik denk het wel" mopperde Max- ". Daarom weten we nu zeker dat Yfremov de instructies voor de aanstaande sabotage mondeling heeft doorgegeven. En het feit dat dit huis leeg is, betekent hoogstwaarschijnlijk dat er dingen aan de gang zijn ...

Max was bleek geworden en zijn voorhoofd begon te gloeien.

'We moeten iets doen,' vervolgde hij, zijn vuisten gebald, de envelop verfrommeld, die hij toen woedend op de grond gooide.

Hij stond op het punt de kamer te verlaten, maar Grietje hield hem tegen.

"Max.

De Duitser keek de vrouw in de ogen. Inmiddels hadden de leerlingen van Grietje die sfeer van koude afstandelijkheid verloren. In het schemerige licht kreeg zijn gezicht, beschaduwd onder hoge jukbeenderen, een andere, jeugdiger uitdrukking.

Max wachtte tot Grietje zou spreken.

"Het is niet onmogelijk dat ze ons hebben ontdekt, Max", zei Gretel

"Oké, het is niet onmogelijk," antwoordde Max. En lekker?

"In dit geval zou het niet onredelijk zijn om te veronderstellen dat we zijn opgericht; die op ons wachten in een val.

dacht Max woedend.

'Je moet het toch weten,' gromde hij. Uit angst voor een mogelijke val laten we deze kans niet voorbij gaan.

Grietje's buste, in een stille inspiratie, trok de kleren van de jurk strak.

Hij protesteerde helemaal niet. Net gezegd:

'Ik denk dat je dat sowieso zult doen.

Max glimlachte en stak zijn rechterhand uit, streelde de linkerwang van de vrouw, wiens huid trilde.

'Je bent slim, Grietje. Horst is duidelijk een man die zijn bondgenoten weet te kiezen. Misschien begint hij zich zorgen te maken over je vertraging. Grietje glimlachte en zei:

'Je moet vermoeden wat er met me gebeurt. Hij stond erop dat je een buitengewone man bent, Max.

Een bittere grimas trok om de lippen van de jongeman. Schudde zijn hoofd,

'Arme Horst...' fluisterde hij. Ik ben echt gewoon ongelukkig, Grietje. Ik doe dit uit omstandigheden, niet omdat ik de moed, intelligentie en zenuwen heb voor dit beroep. En ik moet bekennen dat de tijd dat ik het meest bang was in mijn leven, was bij de uitvoering van enkele spionagemissies in de buurt van de Gestapo. Zelfs toen hij voor het Rode Leger in de regio Kiev in Oekraïne vocht, was hij niet zo bang. Nee, Grietje, er is niets bijzonders aan mij. Ik heb je al verteld dat je op een dag misschien teleurgesteld zult zijn.

Grietje deed een stap naar voren en keek Max aan. Hij voelde een warmte uit zijn buik komen, die zachtjes naar zijn borst opsteeg. Toen zijn armen om Grietje's korte middel gingen, ging al die warmte naar zijn lippen, die zich op die van de vrouw vestigden.

Het was een intense streling; alsof ze allebei probeerden iets vast te houden dat elk moment zou kunnen vluchten.

"Ik hou van je, Max -" - fluisterde Grietje. Je bent buitengewoon. En het is buitengewoon dat we van elkaar houden.

'Het is...' peinsde Max.

De Duitser realiseerde zich dat hij door de meest angstaanjagende eenzaamheid van die laatste maanden iets was gaan bezitten, iets dat een leven zou kunnen vullen.

Hij drukte Grietje dichter tegen zich aan en voelde de stevigheid, de warmte van dat jonge lichaam. Hij kuste haar opnieuw en sloot even zijn ogen. Hij probeerde zich niet te herinneren dat Grietje eigenlijk een lichaam was dat meer was opgeofferd aan een zaak die schijnbaar verloren was.

"Kom op, Grietje" mompelde hij en toen "Otto moet wachten.

"Ja kom op. Bedankt ... voor het niet spreken, Max "fluisterde de jonge vrouw, met een ietwat gebroken stem," ik heb je spanning opgemerkt ...

"Hou je mond!" mompelde Max. Laten we gaan.

Voorzichtig duwde hij haar naar de uitgang van die kamer. Ze gingen naar de plek waar ze Otto hadden achtergelaten.

Otto was er niet. Hij had niet verwacht.

* * *

Otto liet fronsend zijn zaklamp over de muren van de kamer lopen. Deze grote, vierkante, blonde Duitser met donkere ogen was niet erg slim, maar hij was sluw, en hij zou zich niet laten misleiden door de schijn dat er niets was dat een uitgang naar buiten suggereerde.

Hij was al door een kamer gelopen en bevond zich in de kamer met het raam dat uitkeek op de zee.

Ik hoorde vaag het geluid van de golven die tegen de klif sloegen. Hij hield niet van de mistige, vochtige omgeving; hij hield niet van de zee; Hij was de man van het land, van de boerderij.

Alles wat hem verontrustte, gaf hem de indruk dat hij verre van de zijne was, van wat hij zo liefhad. Hij was erg ver verwijderd van het Poolse meisje ...

Otto schudde als reactie zijn hoofd.

'Je zou huilen als een kind,' zei hij tegen zichzelf.

Hij dacht dat als de muren stevig waren, hij de vloer moest doorzoeken.

Het was misschien een manier om tijd te verspillen, maar het moest gebeuren. Elke poging die hij deed, bracht hem een beetje dichter bij alles wat van haar was.

Het licht van de zaklamp begon te zoeken naar een groef in de vloertegels, totdat het vastzat op dat tapijt dat een lichte vouw had.

Otto liep erheen en schopte het kleed weg. Een vreemde glimlach krulde zijn lippen bij de ontdekking van de houten val.

Perfect. Het was daar beneden. Er waren twee omstandigheden: dat ze erop wachtten ze ontdekt te hebben of dat ze er niet op zaten te wachten.

Hoe dan ook, het was het beste om Max op de hoogte te brengen van wat hij had ontdekt.

Zonder de val aan te raken, deinsde hij achteruit, in de richting van de kamer van de Rus, waar Grietje en Max logeerden.

Blijkbaar werden hun stille voetstappen niet gehoord door het paar, dat bleef zoenen, terwijl Otto, een beetje verbaasd, hen vanuit de deuropening gadesloeg.

Otto bleef daar een paar seconden, besluiteloos, erg bleek, kijkend, gehypnotiseerd, naar die lichamen die één leken te zijn.

Eindelijk nam hij een besluit: even stil als hij gekomen was, trok hij zich terug.

Max had geluk. Max was niet meer alleen en verschrikkelijk ver van zijn zaak.

De grote man voelde een lichte verstikking en toen een verdachte steek in zijn ogen. Hij was er ook vanwege de omstandigheden. Hij was een vreedzame man, een groot bierdrinker en een eeuwige bewonderaar van al het mooie, vooral toen hij een vrouw was ... zoals de Poolse vrouw. Lief, jong, ellendig...

Hij tuitte zijn lippen en herinnerde zich dat elke triomf hem een beetje dichter bij alles bracht wat zo ver weg was.

Vastberaden liep hij naar de val zonder enige twijfel dat Max daar zou komen bij het eerste teken van gevaar. Max was een geweldige metgezel. Max had een grote toekomst toen het nazisme uit Duitsland en uit de aardlaag verdween. Max was de student die de cursus nooit herhaalde.

Otto haalde diep adem en boog zich voorover, zoekend naar de inkeping in het hout die diende om zijn vingers te stabiliseren. Hij trok zachtjes en de val begon omhoog te gaan. Hij probeerde niet het minste geluid te maken en ging op de grond liggen, in een poging wat geluid op te vangen dat uit de donkere en vochtige binnenkant van die open mond op de vloer kwam.

Ieder.

Met zweetvochtige slapen nam Otto een besluit.

6

Sonia zat vastgelijmd aan een hoek en ving de lichte helderheid op die in de tunnel werd gemaakt toen het luik werd geopend. De vingers van de vrouw klemden zich om het machinepistool dat ze hanteerde. Ze hield haar adem in en staarde naar de ingang van de tunnel, alert op de volgende zet van wat ongetwijfeld een vijand was.

Hij klemde zijn tanden op elkaar toen hij een dunne kegel van licht op de grond zag geprojecteerd.

Ze wachtte nog steeds, omdat ze er niet helemaal zeker van was dat het een alleenstaande man was.

De vrouw voelde het gewelddadige kloppen van haar hart. Ze geloofde dat het onmogelijk was voor de man die vooruit kwam, ervan uitgaande dat hij een man was, omdat hij zijn silhouet nog niet kon onderscheiden, die sterke bonzen niet te horen, die ze in haar keel voelde, in haar slapen ...

Onverwacht ging de lichtstraal omhoog, projecteerde naar de bodem van de tunnel en reikte bijna volledig naar Sonia, die de kolf van het machinepistool op haar rechterheup had geplakt.

Er klonk een zucht en vond een vreemde echo in de tunnel, en Sonia haalde de trekker van het wapen over.

Otto Geissmann, verrast door die plotselinge vuurtong, had alleen tijd om een hees gekreun uit te blazen. Hij had een scherpe pijn in zijn borst gevoeld en was gedwongen enkele stappen achteruit te doen, de zaklamp los te laten en te ontdekken dat de kracht van zijn vingers plotseling verdwenen was.

Met het pistool in zijn rechterhand vuurde hij twee keer, waarschijnlijk in een reflex. In ieder geval slaagden de kogels er alleen in om steen- en aardedeeltjes van het plafond los te maken.

Hij merkte dat hij op de grond zat met zijn rug tegen de slecht gebeeldhouwde muur van de tunnel. Zijn ogen, gesluierd door angst, door pijn, waren gericht op de lantaarn, die op de grond nog steeds een lichtstraal uitstraalde.

Dan dat naderende silhouet...

Het was een vrouw. Otto was niet zo erg om niet te ontdekken dat de figuur van een vrouw was.

'De Rus...' mompelde hij.

Sonia, gespannen, met haar gezicht samengetrokken, met wat haar op haar voorhoofd, op haar gezicht, vanwege zweet en vochtigheid, kwam naast de gewonde man.

"Wie ben jij? Hoe ben je hier gekomen? Hij vroeg.

Otto, op die momenten was het enige wat hij wist te doen een gedempte lach. Misschien lachte hij om zichzelf. Ik dacht dat het niet uitmaakt hoeveel haast Max had, de kogels waren veel sneller.

Oneindig sneller.

"Ik praatte!

Sonia's schreeuw deed Otto huiveren. Die vrouw was zenuwachtig. Erg zenuwachtig. Hij moet in ieder geval net zo bang zijn als Otto zelf.

"Ben je alleen gekomen?" vroeg Sonia verder.

"Ja... Dat..., dat is: gewoon..." antwoordde Otto.

Waar was hij naar op zoek?

'Een envelop,' zei Otto. ik... ik heb het gevonden...

"Echt?" lachte de mooie Sonia onaangenaam.

"Natuurlijk... Heel interessant.

"Leugen.

De Rus met Mughal-trekken wist meteen dat Otto loog. Hij kon zelfs liegen over het feit dat hij alleen in huis was. Er was een middel om hem te laten spreken.

Zonder dat Otto de actie van de vrouw ook maar vermoedde, keek Sonia naar de loop van het machinepistool aan Otto's voeten en haalde de trekker over.

Weer die tong van vuur, kort maar intens. Een kreet van pijn werd gewurgd door het scherpe gekletter van het wapen, dat oorverdovend door de tunnel rommelde.

Otto keek naar zijn bebloede voeten. Hij voelde de pijn opkomen tot het ondragelijke speldenprikken in zijn hersenen veroorzaakte.

Op die momenten was er een gedempt geluid op de onverharde trap, en Sonia, die een paar seconden haar kalmte verloor, vuurde opnieuw, terwijl ze zich terugtrok naar de bodem van de tunnel, totdat haar rug vastgelijmd was aan die verdomde rots die niet gaf manier. Ik kon daar niet weg...

* * *

"Max...

Max was razend en staarde als een monsterlijke mond naar die open val.

Toen hij Grietje hoorde fluisteren, keek hij haar aan en zei:

'Ik heb het gehoord, Grietje. Blijf hier. Ik smeek je te vluchten als ik traag ben om terug te keren of als ik geen teken van leven vertoon.

Grietje beet op haar lip, maar kon niet voorkomen dat er twee tranen in haar ogen kwamen.

'Het kan niet zo lang meer duren...' fluisterde ze, meer tegen zichzelf gericht dan op Max.

De Duitser streelde zwijgend het haar van de vrouw. Het was genoeg om in haar ogen te kijken.

Hij schrok toen hij weer dat luide geluid van de ontploffingen hoorde, die door de open val leken te willen ontsnappen, Max, zonder nog langer te wachten, met al zijn macht proberend om Gretel te vergeten, die hem nog steeds met grote ogen aankeek, alsof hij niet geloofde dat dat kon gebeuren, gooide hij een doos lucifers de trap af.

Onmiddellijk volgde een nieuwe reeks droge knallen, waar de Duitser hard om moest glimlachen.

Zodra de echo van de schoten ophield, daalde hij die trap af, bleef onmiddellijk aan de aarden muur plakken en richtte de loop van zijn pistool op de bodem van de tunnel.

Hij zag het licht schijnen dat slechts één wand van de tunnel verlichtte, hoewel het voldoende weerkaatste zodat dat gebied verlicht werd,

Max zag Sonia.

Hij zag haar tegen de muur gedrukt, bewegingsloos, druk zoekend naar het silhouet van de man die naar het licht op weg was gegaan.

Maar Max kwam niet verder. Hij mikte gewoon rustig en haalde de trekker over. Voor twee keer. De dubbele knal klonk bijna belachelijk in vergelijking met de kracht van Sonia's machinepistool.

Het was echter genoeg.

Er was een zucht en, als er licht was. Max had kunnen zien hoe een bloedvlek zich snel, tragisch genoeg, langs Sonia's linkerschouder verspreidde. Het bloed doorweekte haar jurk over haar borst, bijna tot aan haar buik.

Max zat vast tegen de muur en kwam ver genoeg naar voren om Sonia's adem te horen, die nutteloos worstelde om het wapen op te rapen dat uit haar handen was geglipt.

Al aan dat licht gewend, rende Max, springend over de gestrekte benen van Otto die het bewustzijn had verloren, op Sonia af.

"Stil!

Het bevel kwam scherp, hard, van Max' lippen. Hij was naast Sonia gearriveerd en zette zijn voet op de kolf van het machinepistool, terwijl hij tegelijkertijd het licht van zijn zaklamp op de ogen van de vrouw projecteerde.

Het leek plotseling in te storten en stopte met worstelen om het machinepistool op te halen.

Max had kunnen zweren dat er een snik uit Sonia's keel kwam. Hij was echter nogal sceptisch over het feit of Sonia zou kunnen of kunnen huilen. Hij negeerde de minste aandacht en sloeg met de neus van zijn schoen op Sonia's pols, die roerloos bleef en haar ogen sloot om haar ogen te bevrijden van de marteling van dat vaste licht.

Max zuchtte.

'Ik ben blij dat je begrijpt dat het zinloos is om een uitweg te zoeken', zei hij. Ik zou het vreselijk vinden om je te moeten doden, Sonia.

'Schiet maar', zei de vrouw hees.

Max lachte zacht.

"Het is nieuwsgierig. Je hebt het me al een keer gevraagd, een paar uur geleden. Iedereen zou zeggen dat je een helderziende bent ... Ik weet niet of je me begrijpt: ik bedoel dat je inderdaad door mijn handen kunt sterven.

Sonja antwoordde niet. Ze bleef het licht ontwijken, waardoor Max het zicht verloor in haar zeer zwarte ogen te staren, die woedend prikten.

'We weten dat er twee mannen bij je waren, Sonia', zei Max. Waar zijn ze?

Wees stil.

"Heeft deze tunnel een uitgang?" vroeg Max.

Sonja beantwoordde de vraag niet. Op zijn beurt vroeg hij:

'Hoe heb je dit huis ontdekt?

"Een vrouw. Het is waar dat vrouwen altijd een belangrijke rol spelen in de geschiedenis. Maar ik wil je eraan herinneren dat ik het vraag, Sonia. En ik hoop dat je deze keer niet met leugens antwoordt. Waar zijn de twee mannen die je vergezelden?

"Ik weet het niet.

Max beet op zijn tanden. Ik zou graag de moed hebben om een vrouw te slaan. Hij moest het voor elkaar krijgen, ook al was deze vrouw gewond en vormde het bloed een glimmende klonter op de buste van die zwarte jurk.

Dat verlangen leek gelijktijdig van de hersenen op de zenuwen van Max te worden overgedragen, die brutaal met de loop van het pistool op het gezicht van de vrouw sloeg, waardoor ze het uitschreeuwde van de pijn.

"Waar zijn ze. Sonja? Waar komen ze vandaan? Hij vroeg.

Sonia stond op het punt het bewustzijn te verliezen. Ze zou graag in snikken zijn uitgebarsten om die latente pijn in haar linkerschouder beter te kunnen verdragen. Hij had twee kogels bijna dicht bij elkaar, meedogenloos in zijn vlees bijtend.

'De tunnel... heeft een uitgang...' hijgde hij. Op dit moment stopt mijn rug haar.

"Mee eens. Maar ik heb iets anders gevraagd.

"Ja...

Ze leek flauw te vallen, maar werd gewekt door een nieuwe slag, die die rode, weelderige lippen deed barsten, die Max in andere omstandigheden naast de zijne had gewild. Max, en iedereen.

"Sonia.

De vrouw schudde haar hoofd. nevels Pijn. Doodsangst.

"Heb je de envelop gevonden?" vroeg hij.

'Goede schijnvertoning,' gromde Max. Ja, we hebben het gevonden. En dat? We vermoeden natuurlijk dat Yfremov de instructies mondeling heeft gegeven. Is het mogelijk dat ze vanavond plaatsvinden?

Sonia knikte langzaam met haar hoofd. Dan zei hij:

"Ja deze nacht. Het maakt niet meer uit dat ik het zeg. Het is nutteloos dat u onze actie probeert te neutraliseren...

Max kneep zijn ogen tot spleetjes. De hand die de zaklamp vasthield, wankelde een beetje.

'Misschien niet, Sonia,' zei hij koeltjes. Zijn die twee mannen erop uit om nieuwe ladingen staal te saboteren? Welke schepen moeten de lading vervoeren? Jij weet dat allemaal en ik ga het ook weten.

Max was verrast door de reactie van de vrouw. Hij giechelde alleen maar hysterisch en toen hing onverwacht zijn hoofd naar rechts. Hij verstijfde en ademde heel zwak. Max' vuisten balden zich verwoed om de zaklamp en het pistool dat hij vasthield.

Nog steeds niet erg overtuigd dat Sonia's zwijm legitiem was, sloeg hij een nieuwe slag in het gezicht van de vrouw. Slechts een lichte kreun verliet Sonia's keel en ze zakte op de grond, waardoor de opening van de tunnel zichtbaar werd.

Op die momenten meende Max echter dat er urgentere zaken waren.

Hij verliet Sonia en rende naar de trap die naar de valruimte leidde. Ze hoorde Grietje zuchten van verlichting, die op de grond geknield zat te kijken wat er in die sombere tunnel zou kunnen gebeuren.

Voordat Gretel haar mond kon openen, zei Max Lijo:

"Zoek naar iets dat kan worden gebruikt om wonden te desinfecteren en te verbinden.

"Max, wat? ...

Grietje brak af. Max luisterde niet. De Duitser was weer verdwenen, op weg naar Otto. Angstig boog hij zich over de stank; hij legde zijn oor tegen Otto's bebloede borstkas en leek opgelucht het zwakke kloppen van een groot hart op te vangen.

Hij pakte de twee lantaarns bij elkaar en liet ze allebei hun licht op Otto schijnen, waardoor hij duidelijk genoeg verlichtte.

"Otto...

Zachte klappen op de koude wangen van de man.

Dikke zweetdruppels op Max' voorhoofd.

"Otto...!

Max schudde de gewonde man, wiens ogen groot werden en een domme, gesluierde blik om zich heen wierpen,

'Bitch... bitch...' fluisterde Otto hees.

"Rustig maar" mompelde Max ".. We kunnen iets voor je doen. Beweeg niet; praat niet.

Gretel's voetstappen waren te horen naast Max en de gewonde man. Aan de wal liet hij een noodpakket en een fles Franse cognac achter. Blijkbaar waardeerden de Russen ook likeuren die niet van hen waren en niets met wodka te maken hadden.

Max pakte de fles en stopte de hals tussen Otto's lippen.

Hij slikte een paar slokjes in en voelde een golf van warmte, van leven. Jammer dat het kunstmatig was... Maar... wat deed Max' barbaar in godsnaam?

Hij had gewoon zijn jas uitgetrokken en probeerde hetzelfde te doen met Otto's hemd, dat doordrenkt was met bloed.Toen de romp van de Duitser ontbloot was, nam Max het medicijnkastje.

Zonder dat Otto's lippen van elkaar gingen, deed Max zijn best om het bloeden te stoppen, veroorzaakt door twee gevaarlijke kogels. Een ervan, aan de rechterkant van de borst, onder de tepel aan dezelfde kant; de andere, minder dan een centimeter verwijderd van de vorige.

"Rustig, Otto" mompelde Max "Je komt hier wel uit.

gelogen.

Hij loog vroom.

Die twee zinkers waren dodelijk.

Otto wist heel goed wat het was dat vreselijk pijnlijk in zijn borst prikte en lachte even.

'Onzin, Max...' zei hij. Ik kom hier niet uit. Maar het kan me weinig schelen. Werkelijk. Ik voel me gewoon...

Het werd onderbroken.

Het beeld van de lichamen van Max en Grietje die zich aaneensloten, kwam duidelijk in zijn hersenen. Liefde, misschien wanhoop. Wat maakte het uit hoe hij dit onder de knie had? Otto was jaloers op hem. Dat visioen van twintig minuten ervoor deed hem versteld staan, deed hem krampachtig iets verlangen. Iets: liefde. Het Poolse meisje... Wat was ze ver...!

"Max...

"Dat?

Otto lachte weer. Of huilde hij?

'Is het... is het het waard voor een man om zo te sterven... voor niets? Voor niets, Max! "De grote man snikte bijna". Dit alles is nutteloos, barbaars, zinloos ... Mijn boerderij ... Ik zou daar gelukkig zijn, Max. Je weet het...

'In godsnaam, hou je mond, Otto,' fluisterde Max woedend.

"Ik ben heel bang. Heel bang, Max... '- stamelde Otto.

Max Kroplein kreeg een koude rilling. Hij keek weg van Otto's gezicht en keek naar Grietje, die zweeg, misschien dezelfde mening toegedaan als Otto.

'We brengen je naar boven, Otto' mompelde Max. We zullen proberen een manier te vinden om je te redden. Je moet ons helpen.

"Ja... ja, Max...

Op dat moment klonk er een gedempte kreun vanuit de hoek waar Sonia lag.

De blikken van Max en Grietje waren gericht op de verwarde vorm van het lichaam van de Rus, zwak bewegend.

'Zorg goed voor haar, Grietje,' mompelde Max.' Ik zal proberen Otto naar boven te verplaatsen.

Toen hij Otto naderde om hem te grijpen, leek de gewonde man het contact uit de weg te gaan. Hij drukte zijn bezwete rug tegen de muur.

"Nee... doe geen moeite, Max... Het heeft geen zin. Bedankt dat je me wilde bedriegen, maar ik ken de waarheid heel goed ... Hoe komt het dat een man altijd weet wanneer hij moet sterven?

"Praat niet zo, Otto...

"Ik herhaal dat ik je dank, Max... Maar het heeft geen zin... Ik heb je dat al eerder gezegd..., dat ik er alleen spijt van heb dat ik niet naar mijn boerderij kan terugkeren... Dat meisje, de Poolse , houdt van me... Ik weet het zeker, Max. Zij ... ze weet dat ik niet haar vijand ben ... Ze weet hoe ze moet onderscheiden, aangezien momenteel de halve wereld gelooft dat de Duitsers haar vijanden zijn ... Waarom, Max? Omdat?

"Vergeet dat nu, Otto. Wij gaan...

'Ik zal die beweging niet kunnen weerstaan, Max... Laat me...

Max, verbijsterd, keek naar Otto. Hij staarde hem ongelovig aan en besefte dat Otto gelijk had. Elke poging om de situatie van die grote en schone Duitser te verbeteren was nutteloos.

"Otto, ik...

Het werd onderbroken.

Otto's hoofd leunde onbewust tegen de tunnelwand. Hij had weer het bewustzijn verloren.

7

Hij is tot zichzelf gekomen.

Max liep naar Gretel toe, die naast Sonia knielde. Hij duwde haar zachtjes weg en nam de plaats van de jonge vrouw in. Hij strekte zijn rechterhand uit en pakte Sonia's trillende kin.

"Ik heb uit dit alles afgeleid dat twee mannen erop uit zijn gegaan om de schepen te saboteren met lading staal bestemd voor Duitsland. Die schepen staan zeker op het punt om uit te varen, dus het is zeker dat hun respectievelijke bemanningen aan boord zijn. Het is genoeg dat je spreekt zodat veel levens van neutrale mensen worden gered, Sonia. Ik zou graag willen dat u dit goed begrijpt: neutrale mensen. Die levens hoeven niet te worden ingekort.

"De boten zouden ook worden gered", zei Sonia.

Max sloot even zijn ogen.

"Maakt het zoveel uit?" vroeg hij.

Sonia's ogen flitsten. Haar rechtopstaande buste beefde, draaide zich om, nat van het bloed.

'Voor ons wel,' zei hij streng.

Max boog zijn hoofd.

Had hij niet met eigen ogen gezien, hulpeloos, bijna huilend van woede, wat de SS en de Gestapo in nauwe samenwerking met de gevangengenomen Russen hadden gedaan? Vrouwen en kinderen inbegrepen. Was dat niet gekmakend?

gekmakend...

Wat straalde er in de pupillen van Sonia Yourskof? Was het geen waanzin?

"Ik herhaal dat dit neutrale mensen zijn", zei Max.

"Staal is voor Duitsland", hield Sonia vol.

'Ondanks dat, Sonja.

De vrouw haalde diep adem, waardoor ze moest hoesten.

"Het is in orde. Misschien heb je gelijk". Hoe dan ook, ik denk niet dat er al een oplossing is.

"Wat bedoel je?" vroeg Max.

'Het is meer dan een uur, bijna anderhalf uur geleden dat de mannen vertrokken in de richting van de haven van de stad,' legde Sonia uit. De aanklacht is mogelijk al ingevoerd...

***

'Zie je iets, Kuibshef?

"Nee" gromde de bovengenoemde.

Lubyen tuurde omhoog en probeerde de signalen op te vangen die vanuit de haven van Stockholm stonden te wachten; Ze waren al lang in het water, meer dan vijfenveertig minuten, en het wachten begon de zenuwen van de Russen, totaal onzichtbaar in het donker, voor de kust van de haven te verstoren.

"Ik hou niet van Vorostok!" zei Lubyen. " Je neemt dingen te gemakkelijk; alsof dit allemaal niet bij ons was...

Hij stopte plotseling.

Daar, in de verte, scheen een roodachtig licht. Een halve minuut later scheen het licht op een punt op korte afstand van de eerste. Ze wachtten nog een halve minuut en het flitste voor de derde keer.

'Drie schepen,' gromde Kuibshef. Dingen worden elke dag ingewikkelder.

'Verspil je tijd niet met praten,' mopperde de ander.

Ze begonnen de boot dichter bij de dokken te brengen zonder de door de seingever gemarkeerde situaties uit het oog te verliezen. Ze zagen verward, als grote donkere monsters, die zware schepen die hun kostbare lading bevatten.

Silhouetten die duidelijker werden naarmate ze dichterbij kwamen, totdat het konvooi bestaande uit drie schepen bijna duidelijk was in de ogen van de twee Sovjets, die al hadden besloten de opblaasbare boot te verlaten.

Ze waren vrij dicht bij de haven en kenden al de diepte van dat modderige bodemwater.

Lubyen gleed in het water met zijn deel van de explosieve lading. Ondertussen bracht Kuibshef de boot tot zinken, waardoor een onzichtbare boei vanuit de haven dreef.

De twee mannen zwommen naar de schepen, zonder te spetteren. Het is waar dat zijn voorzorgsmaatregelen bijna onnodig waren, aangezien de bemanning van de koopvaardijschepen zich gewoonlijk geen zorgen maakte over wat er in de wateren van de haven gebeurde.

Even later verdwenen ze van het oppervlak na het oversteken van een bord.

Beiden doorzochten de rompen van de schepen en probeerden hun magnetische ladingen met vertraagde explosie op de meest kwetsbare punten van het schip te plaatsen.

De ladingen, van het type 'lamprei', werden verdeeld volgens de ervaring die die twee mannen al hadden, die vergeleken konden worden met vreemde zeemonsters, hoewel hun handen bevroren waren van de kou en hun longen op het punt stonden te ontploffen.

Af en toe duikt er een gezicht op dat gekneusd is van de kou. Een gretige teug lucht was voldoende om de man terug te sturen, op zoek naar het volgende punt waar hij de last moest plaatsen.

De operatie werd snel, maar zonder zenuwen, rustig uitgevoerd.

De eerste die zwom naar de plaats waar de boot was gezonken, was Lubyen, die de boei vond. Het was gemakkelijk om de boot te laten zinken en te bergen, toen de andere arriveerde.

Ze namen stilletjes hun post in en begonnen aan hun terugkeer naar hun hoofdkwartier.

Nog eens keken ze naar die silhouetten, al wazig, die weldra zouden ontploffen. Elke "lamprei"-explosie zou volgen, een huivering van het betreffende schip en een wolk water zou met geweld opspringen.

Zoals gewoonlijk. Dan zou het schip, ernstig beschadigd, met zijn lading staal zinken.

***

Max Kropelin balde zijn vuisten. In gedachten volgde hij de bewegingen van die mannen en stelde zich voor wat er ging gebeuren.

"Wat zijn dat voor schepen, Sonia?" vroeg hij. Kent u hun namen?

"Nee.

'Denk erover na,' zei Max met een kille glimlach.

Een flits van angst ging door de smaakpapillen van de Rus. Max vermoedde dat hij de gegevens echt niet kende, dus het zou bijna onmogelijk zijn om de explosies te voorkomen of in ieder geval voor de bemanningen om het schip te verlaten.

'Oké,' zuchtte Max. Ik hoop dat dit je laatste operatie is. Wie heeft de leiding over uw groep?

"Ik" zei Sonja.

'Heeft u naast die twee nog andere mannen?

Wees stil.

Max schudde zijn hoofd.

'Ik ben bereid je te vernietigen,' zei hij. Je sabotagenetwerk moet verdwijnen. Ze kunnen andere agenten sturen, maar ik verzeker u dat het voor hen niet gemakkelijk zal zijn om zich te organiseren. Ik weet dat je hier al bent sinds de oorlog begon. De Russen zijn niet in slaap gevallen, maar houd er rekening mee dat de rest van ons nu wakker begint te worden.

Een grijns van minachting kwam over de lippen van de Rus.

"Maak je niet druk. Ik zal niets anders zeggen. We zullen zien wat je met me kunt doen', zei hij.

'Je zult tenminste zien wat ik van plan ben met de twee die elk moment moeten komen,' zei Max met een harde glimlach. Wat jou betreft, we zullen een oplossing vinden. Ik ben geen moordenaar... Ik ben het tot nu toe niet geweest.

Grietje keek Max een beetje bang aan. De jonge Duitser kon haar bezorgdheid niet verbergen; het verblijf in die tunnel verdronk haar.

'Max... laten we naar boven gaan,' zei hij. Otto zal het hier niet lang uithouden.

"Het is in orde. Laten we gaan.

Hij kwam dichter bij Sonia en dwong haar rechtop te gaan zitten. Toen duwde hij haar naar voren. De vrouw verzette zich niet en begon te lopen onder bedreiging van het pistool dat Max aan Grietje had gegeven.

Max liep toen naar Otto en stopte de hals van de fles Franse cognac tussen zijn bleke lippen. Otto leek zichzelf te herleven.

'We komen hier wel uit, Otto...' gromde Max- '. Sta op en leun op me, Otto lachte gebroken.

"Sta op? Ik heb ze vernietigd... Kijk naar ze, Max.

Max scheen met de zaklamp aan Otto's voeten en werd vreselijk bleek toen hij zag wat er was gebeurd. De rechtervoet werd verbrijzeld, ongedaan gemaakt. Hij zou het nooit kunnen gebruiken... ervan uitgaande dat hij zijn borstwonden overleefde, wat Max betwijfelde.

Maar Max reageerde. Zei:

"Mee eens. Ik zal je op mijn rug dragen, Otto protesteerde niet. Ze zou elke kans vasthouden om zichzelf te redden, hoe zwak ze ook was.

Ze voelde Max' schouder op haar buik en zwaaide toen, terwijl Max een beetje zwaaide, onder Otto's gewicht.

Max maakte een teken en Grietje dwong Sonia naar voren te lopen. Toen ze de trap bereikten, was Grietje de eerste die opklom. Eenmaal boven dwong ze Sonia, die haar was voorgegaan, in een hoek van de kamer te gaan staan, weg van de deur. Van haar kant wachtte Gretel op Max en hielp hem Otto verplaatsen.

Hij werd voorzichtig op de grond gezet, met zijn rug tegen de muur.

Toen de operatie voorbij was, liep Max langzaam naar Sonia toe, die razend bleef staan, op haar lippen bijtend om niet te schreeuwen van de pijn.

'Je hebt tijd gehad om na te denken, Sonia,' zei Max.

"Laat je me los als ik spreek?" vroeg de vrouw.

"Probeer het maar" Max glimlachte scheef.

Op dat moment was er een geluid voor de deur van het huis en Max, die snel reageerde, sprong op Sonia en kokhalsde haar met zijn rechterhand voordat de vrouw kon schreeuwen.

Max verpletterde de vrouw met het gewicht van zijn lichaam en gebaarde naar Grietje, die tegen de muur bij de voordeur van die kamer leunde.

De deur was geopend en het licht in de hal ging aan, een man perfect zichtbaar achterlatend, die naar Sonia's kamer begon te lopen.

Max giechelde stil en keek naar de achterkant van Sonia's nek. Er zou een enkele klap voor nodig zijn om haar voor een tijdje kwijt te raken. Hij liet zijn linkerhand op zijn zij achter in zijn nek vallen en hij merkte dat Sonia's lichaam ontspande. Hij legde het neer en trok zijn pistool.

Hij liep geruisloos naar de deur en fluisterde:

'Niet bewegen, Grietje.

Hij verliet die kamer en volgde die man, die ook het licht in Sonia's kamer had aangedaan en verbaasd om zich heen keek.

'Draai je niet om,' beval Max' stem droog.

Het lichaam van de man schokte scherp, maar hij gehoorzaamde. Hij verstijfde en keerde Max de rug toe, die op hem af kwam. Het eerste wat Max deed, was zijn linkerhand langs de borst van de Rus laten glijden en een pistool onder zijn linkeroksel vinden.

Hij gooide het onder Sonia's bed en zei:

"Dat is beter.

"Waar is Sonia?" vroeg de man.

"Slaap nu. Je hebt een baan. Laten we gaan.

Hij dwong hem om zich om te draaien en duwde hem toen de valkamer in, waar de telefoon lag. Met het licht dat uit de lobby kwam, was het genoeg om de schijf van het apparaat te zien, en Max bestelde:

"Bel de havenkantoren en vermeld de naam van de schepen die opgeblazen dreigen te worden.

De Rus knipperde met zijn ogen.

Hij keek om zich heen en ontdekte Sonia bewegingsloos op de grond, Otto, die hem met gesluierde ogen aankeek, en de stille Grietje, wiens rechterhand ook een pistool vasthield.

'Dat doe ik niet,' gromde de man.

Max sloeg de loop van het pistool tegen het linkeroor van de Rus, die krijste en wankelde.

De kreet van die man versnelde het herstel van Sonia, die huiverde en haar ogen opende, ze beet op haar lippen toen ze haar landgenoot zag en mompelde:

"Vorostok... Idioot.

Vorostok keek haar hulpeloos aan.

'Ik heb je gebeld', zei hij. 'Omdat je niet opnam, besloot ik uit te zoeken wat er aan de hand was.

'Je zou voorzorgsmaatregelen kunnen nemen,' zei Sonia droogjes.

'Ik ben niet zo slim als jij,' zei de Rus.

"Genoeg. Ik zal schieten om te doden als je niet binnen vijf seconden met de havenkantoren hebt gecommuniceerd. 'Max kwam tussenbeide, ging voor Vorostok staan en staarde hem aan.

Het satijn keek weg om het op Sonia te bevestigen. Zei:

'Ik ben ook niet zo dapper, Sonia.

De vrouw haalde haar schouders op. Hij boog zijn hoofd om de glans in zijn ogen te verbergen. Vorostok was zeker geen slimme man. Maar hij loog over zijn waarde. Dit betekende dat er enige kans was om het tij van de situatie te keren. Vorostok zou iets doen...

De Rus, nauwlettend in de gaten gehouden door Max, pakte de telefoon en stak zijn rechterhand uit alsof hij het bijbehorende nummer wilde bellen.

Wat hij feitelijk deed, was de handset tegen Max' gewapende hand slaan.

De klap werkte en Max, verrast, werd gedwongen het wapen van Vorostoks lichaam af te wenden. Zijn onmiddellijke reactie was Max op zijn buik te slaan met zijn linkervuist en vervolgens een klap met zijn rechterelleboog in het gezicht, waardoor Max een aantal stappen achteruit deed, totdat hij struikelde over de door Sonia verzorgde trip, die met beide handen naar hem uitstak. het pistool dat de Duitser losjes vasthield.

Sonia nam het pistool, maar Gretel, die uit haar verdoving was gekomen, schoot al op haar, ze was vermist, maar gaf Max de tijd om te herbouwen en te voorkomen dat Sonia op haar beurt zou schieten.

Het tweede schot van Gretel was gericht op Vorostoks lichaam: het trilde, maar de kogel kon de sprong van de Rus naar het raam van waaruit de zee te zien was, niet tegenhouden.

Vorostok brak het glas en beschermde zijn gezicht met zijn handen en armen, maar zijn lichaam kwam niet door het raamkozijn.

De tweede kogel die door Gretel op Vorostok werd afgevuurd, was veel beter gericht en groef in het midden van zijn rug.

Zijn kracht verloor plotseling, zijn momentum brak, Vorostok zakte tegen de randen van het gebroken glas. Een kreet van pijn echode door de kamer; een schreeuw die abrupt werd afgebroken, en Vorostok viel achterover op de grond en liet zijn bebloede borst zien, met verschillende kleine richels erin ingebed. Zijn ogen vertoonden een uitdrukking van waanzin die al bevroren was door de dood.

Grietje, doodsbleek, haar rechterhand slap naast haar hangend, staarde, gehypnotiseerd, naar dat lichaam bedekt met bloed.

Ondertussen had Max Sonia volledig gedomineerd en zijn wapen teruggevonden.

"Verdomde moordenaar!" gromde Max, "Er gaan veel mensen dood, Sonia. Mensen die niet hoeven te sterven.

"Niets kan meer worden geholpen", zei Sonia. Vorostok was de enige die de namen van die schepen kende. Aan de andere kant, zelfs als hij met de havenkantoren had gecommuniceerd, zouden ze ook niets hebben bereikt. De ladingen kunnen elk moment exploderen.

'Wat betekent dat die twee mannen hier binnenkort zullen verschijnen. Ze moeten komen...' mompelde Max.

Sonja antwoordde niet.

Hij ademde zuur en in zijn ogen zag je de glans die de koorts veroorzaakte van zijn wonden, die niet ophielden met stromen van bloed.

'Het medicijnkastje, Grietje,' mompelde Max.

'Nee..., maak je niet zo druk om mij,' zei Sonia hees. Ik zal je niet kunnen bedanken.

Maar Grietje kwam al de trap van de val af, op zoek naar het medicijnkastje. Ze keerde kort daarna terug en zij was het zelf die naast Sonia leunde en haar jurk scheurde, om een witte, ronde, warme schouder te onthullen.

Max liep daar weg en liep naar de val, die hem dichtdeed. Hij was niet in het minst bezorgd over de komst van de twee gewone saboteurs, want zodra ze de val openden, zouden ze tegenover de loop van zijn pistool komen te staan.

Toen benaderde Max Otto.

'Hé, Max... ik probeer al heel lang de fles te pakken,' mompelde Otto.

Max overhandigde de ander zonder een woord te zeggen de fles cognac.

Otto nam een slok en de tranen sprongen hem in de ogen.

'Geef me een pistool, Max,' zei hij later. Ik zal je proberen te helpen.

'Niet nodig, Otto,' gromde Max.

"Geef me een pistool...!" De man explodeerde hysterisch en greep Max bij de revers van zijn lichte jas, vuil van de modder en onder het bloed.

Max maakte zich kalm los uit Otto's handen.

'Rustig maar, Otto,' zei hij. Ik ben genoeg alleen.

Otto kneep zijn ogen tot spleetjes. Zijn gezicht glansde van het zweet.

"Je raadt wat ik denk, hè?" Mompelde hij.

Max staarde hem zwijgend aan.

'Je moet het begrijpen, Max,' mompelde de man.' Ik kan deze pijnen niet meer aan... 'Geef me een pistool... Of de fles. Doe iets, Max... Kun je me niet horen?

Max boog zijn hoofd.

'Daar kan ik niet bij, Otto,' mompelde hij.

'Haal me dan hier weg.

"Er worden nog twee mannen vermist. We kunnen nu niet weg, begrijp je? Als we ze in leven laten, is alles nutteloos geweest... Zelfs jouw offer, Otto.

'Mijn offer... Wat kan mij in godsnaam iets schelen? Ik wilde geen oorlog, Max... Waarom zou ik sterven? Ik wil terug naar Duitsland ... ik had daar niet weg moeten gaan ... ik had niet moeten vertrekken ...

Max gaf de fles aan Otto en zei:

"Drink op, Otto.

'Nou... Je denkt dat ik een lafaard ben, dat ik de pijn niet kan verdragen, hè, Max?'

"Zeg geen dwaasheid.

"Vind je me moedig?

'Dat doet er nu niet toe, Otto.

"Niet helder...

Otto dronk weer. Alleen de alcohol, die zijn maag verbrandde, kon de intense pijn verzachten die door zijn wonden werd veroorzaakt.

Toen vestigden zijn ogen, enigszins gesluierd, zich op Sonia, die zich verzette, op haar lippen bijtend, de genezing van haar wonden. Zij, de vervloekte, had hem vermoord.

"Wat ga je met die vrouw doen, Max?" vroeg hij, zonder zijn ogen van Sonia's blote schouder af te wenden.

"Ik weet het niet...

'Ja,' viel Otto in.

Max haalde diep adem. Hij wist heel goed wat Otto op dat moment dacht. Het zou natuurlijk heel comfortabel voor hem zijn geweest om Otto de Rus te laten doden. Toch hield Max zichzelf verantwoordelijk voor wat er zou kunnen gebeuren, en hij hield niet van het idee om Otto de vrouw koeltjes te laten vermoorden.

Toegegeven, het zou een probleem voor hem oplossen, maar... Waarom gebeurt in godsnaam altijd het ergste?

'Ik denk niet dat je je tevreden zult voelen nadat je Sonia hebt vermoord, Otto...' mompelde Max ten slotte.' Dat was wat je dacht, toch?

Otto dronk weer. Hij leunde met zijn rug tegen de muur.

'Het is waar,' mijmerde hij. Weet je dat ik me een stuk beter begin te voelen, Max?

Max keek naar de fles.

'Ik vier het,' mompelde hij.

"Wat ben je nu van plan?" vroeg Otto.

"Verwachten. Ik heb je al gezegd.

"En later?

Max was verrast door de vraag.

'Later? -' gromde hij. Ik weet het niet. Ik heb niets besloten,

'Ga je terug naar Duitsland?

'Het is niet zo eenvoudig, Otto.

"Natuurlijk... Het is niet gemakkelijk. Ik heb nog nooit zo'n verlangen gevoeld om terug te keren als in deze tijd,' zei Max', zei Otto. Ik denk dat ik sommige dingen anders zou doen.

"Heb je ergens spijt van?

Otto glimlachte, die trilde en in mijn huivering veranderde.

"Ik heb spijt van wat ik niet heb gedaan, Max", zei hij. Ik veronderstel dat zoiets door alle stervende mensen moet worden gevoeld. Men krijgt de indruk dat hij domweg zijn leven heeft verspild

Een straaltje bloed sijpelde langs de linkerhoek van Otto's mond.
Max zei schor:

"Spreek niet meer. Otto. Rust goed.

8

De rubberboot bleef stil aan de rotswand vastzitten. Met een sterke draad werd het vastgemaakt aan de richel van een rots en de twee mannen zetten zich in om de rots die de ingang van de tunnel bedekte van buitenaf te laten lopen.

Toen ze erin slaagden, glipte Lubyen door de opening en hielp Kuibshef. Toen de twee mannen eenmaal in de tunnel waren, hesen ze de boot en trokken ze aan de draad. Ze lieten het leeglopen door het naar binnen te verplaatsen.

De opening werd gesloten en Lubyen reikte naar een natuurlijke richel, waar de lantaarn voor dergelijke gevallen werd achtergelaten.

Hij raakte haar niet van de plank aan; hij drukte gewoon op de schakelaar en het licht viel op de plek waar de Sovjetagenten hun kleren hadden achtergelaten.

De twee mannen trokken hun rubberen pakken uit en droegen normale kleding.

'Ik ruik naar buskruit, Lubyen,' gromde Kuibshef.

"Onnozele dingen.

"Ik heb een hele fijne neus.

Lubyen negeerde het.

"Ben je klaar?" gromde hij,

"Ja.

Lubyen pakte de zaklamp en liep de tunnel in, op weg naar de trap.

Kuibshef voelde zich vreemd ongemakkelijk. Het rook naar buskruit. Natuurlijk was Lubyen veel slimmer dan hij, maar als het ging om het inschatten van gevaar, had Kuibshef een sterk ontwikkeld instinct. Het was niet de eerste keer dat zijn leven in het spel kwam.

Lubyen dacht blijkbaar aan andere dingen. Hij ging de trap op en duwde met zijn linkerhand tegen de val. Hij stak zijn hoofd naar buiten

Hij zag heel vluchtig, als een bliksemflits die de dood omsloot, dat de duisternis werd afgekapt, gewelddadig, woest.

Vluchtig. Heel vluchtig.

Lubyen wist niet eens dat zijn schreeuw afschuwelijk was. Een korte, gebroken kreet.

Met twee kogels in zijn hoofd liet Lubyen de val weer sluiten en rolde de trap af, liet de zaklamp vallen en rende over Kuibshef heen.

De twee mannen werden achtergelaten op de vochtige grond. Kuibshef schudde het gewicht van Lubyens lijk van zich af, nam de lantaarn en deed een stap achteruit naar de opening in de klif zonder ook maar een moment te twijfelen of zijn metgezel dood was. Hij had even het verbrijzelde voorhoofd van Lubyen gezien.

Het gevoel dat de angst, de angst, een brok in zijn keel vormde. Kuibshef reed achteruit naar het einde van de tunnel en probeerde de massieve rots te verplaatsen.

Het was nutteloos. Er waren twee sterke mannen voor nodig om het te verplaatsen.

Dikke zweetdruppels begonnen langs het gezicht van die man te druppelen, die wanhopig om zich heen keek, op zoek naar een uitweg die er niet was.De val openen en zijn hoofd eraf laten schieten als Lubyen?

"Nee, nee..." - mompelde hij hees.

Hij begon echter terug te lopen naar de trap. Hij voelde zich in het nauw gedreven, gezonken. Wat kan er gebeurd zijn?

* * *

Terwijl Otto, bijna dronken, stilletjes aan het lachen was toen de val weer dichtging, keek Grietje op het punt van flauwvallen Max verbaasd aan.

Hij had twee keer zonder waarschuwing geschoten zonder op iets te wachten. Hij had met genoegen gedood om dat te doen. Het was op die momenten in zijn ogen te lezen. De dood werd gezien in de blauwgrijze pupillen van Max.

'Max...' fluisterde Grietje, als een verwijt.

Max kneep zijn ogen tot spleetjes.

"Tot nu toe is er één overleden", zei hij. Slechts één, Grietje. Ik kan die mannen niet vergeven en het kan me ook niet schelen hoe ze eruitzien. Sterker nog, ik had net een idee. Kom dichterbij.

Grietje, verbijsterd, gehoorzaamde.

Weer geloofde ze op die momenten dat Max een vreemde voor haar was. Max' gezicht was erg bleek, vertrokken. Het was duidelijk in zijn pupillen dat hij niet loog, dat hij vastbesloten was te doden, wat het ook was.

Max keek in Grietje's ogen zonder dat zijn uitdrukking zachter werd. Droog bestel ik:

'Breng de kleren van Sonia's bed. Voorbevochtigd.

"Max... ik begrijp het niet...

'Je zult het meteen begrijpen...' Max viel abrupt in. Ik kan niet vergeten dat er vannacht binnen een paar minuten tientallen mannen kunnen sterven. Tientallen mannen... Begrijp je dat ook niet? Ik heb het te lang gezien, Grietje. Te veel tijd. En niet alleen mannen. Ik heb tientallen mensen zien sterven, honderden vrouwen en kinderen voor wie oorlog wreed en onbegrijpelijk was. Ik kan het niet tolereren! De massamoordenaars, die wrede, blinde zwaarden, moeten verdwijnen. Het maakt niet uit of het nazi's of Russen zijn, ze moeten sterven. Echt, de oorlog moet iets dienen: zodat de ergste sterft. Helaas is dit niet altijd het geval. Maar het zal ooit gebeuren. We zullen ooit vrij zijn van moordenaars. De kleren op Sonia's bed, nat!'riep Max.

Grietjes mond werd wijder, alsof ze moeite had om te ademen.

Hij maakte geen enkele opmerking. Bijna rennend, in een poging zijn angst te verbergen, zijn snikken, rende hij naar Sonia's kamer.

De Rus van haar kant keek naar Max alsof hij een vreemd natuurverschijnsel was.Op dat moment voelde de Rus echte paniek, denkend dat als Max zijn gebruikelijke rust niet zou herwinnen, ze een slechte tijd zou krijgen.

Otto lachte nog steeds.

Hij keek naar Sonia, die met zijn gesluierde pupillen die witte en naakte schouder verbrandde. Hij was echt dom geweest. Het leven heeft heel goede dingen die hij over het hoofd had gezien, zelfs toen hij eenmaal verliefd was geworden, koos hij er onhandig voor om te vechten.

Absurd

Wat hij moest doen was overal heen gaan met de Pool, met haar trouwen en gelukkig zijn. Verdomd dom! Verdomde blindheid!

Hij koos voor de nazi-partij omdat hij de verschrikkingen ervan nog niet had meegemaakt. Hij was trots toen hij het 'Wehrmacht'-uniform aantrok en net als Max bij een 'Panzer'-divisie werd geplaatst. Het was daar dat ze elkaar ontmoetten en het gevecht met enthousiasme begonnen.

Toen veranderde alles.

De adel van het leger werd verzwolgen, vertroebeld door de achterhoedegroepen, door die moorddadige SS-commando's

Otto sloot zijn ogen en stopte met lachen.

Hij had nog een drankje nodig.

Hij begreep dat het niet erg waardig was om dronken te sterven, maar hij had nergens anders zin in. Voor hem was de waardigheid al lang geleden verloren gegaan; iedereen was haar kwijt.

Eindelijk arriveerde Grietje, met een stapel discreet vochtige kleren. Hij liet haar zwijgend aan Max' voeten liggen.

"Wat ga je doen, Max?" vroeg hij.

"Kun je het je niet voorstellen?" Max glimlachte koud.

"Mij...

'Die man is daarbinnen half doodsbang,' zei Max. Dat zou ik tenminste zijn. Ik zal hem er tenslotte alleen maar van overtuigen dat het beter is om eerder te sterven.

Dat gezegd hebbende, Max stopte met aandacht te schenken aan Grietje en boog zich naar de bundel natte kleding. Hij stak het uiteinde van een laken in brand en wachtte tot de rook in die kamer bijna ondraaglijk werd.

Het was toen dat Max de val opende en met zijn voet de rokende brandstapel de trap af stuurde, snel sluitend.

Hoestend keek hij naar Grietje en zei:

'Doe het raam wijd open, Grietje.

De vrouw liep door de rook naar het raam en ontweek Vorostoks lijk.

Blijkbaar zorgde het gebroken glas niet voor voldoende ventilatie om de rook te laten ontsnappen.

Grietje deed het raam open en bleef even bij haar staan, terwijl ze de buitenlucht naar boven ademde.

Toen keek hij Max aan.

Hij bleef alert, stond roerloos voor de val, wetend wat er moest komen.

* * *

Natuurlijk was de rook niet zichtbaar in de duisternis van de tunnel, vooral gezien het feit dat Kuibshef uit voorzorg de zaklamp had uitgedaan.

Hij begon echter te hoesten.

Hij begon een pijnlijke irritatie in zijn ogen op te merken. Dan de onmiskenbare geur. Hij had inderdaad een zeer fijne neus en een exact gevoel voor gevaar.

"Verdomme...!" Mompelde hij.

Hij begreep het meteen: of hij zou daar wegkomen, klaar om twee kogels door het hoofd te schieten, of hij zou verstikt sterven. Als men de keuze had, zou iedereen kiezen voor de eerste dood. Een snelle, bijna zoete dood.

Hij deed de zaklamp aan en pakte een machinepistool uit het kleine arsenaal, dat hij onder zijn rechterarm plaatste, wijsvinger aan de trekker geplakt, en liep naar de trap.

Hij probeerde op de stapel verbrande kleren te stampen, maar slaagde er alleen in om de rook op te drijven,

Hij durfde niet eens adem te halen en liep de trap op.

Als eerste handeling haalde hij de trekker van het machinepistool over, vuurde een loodstoot af die de val versplinterde en lichtjes optilde vanwege de inslagen.

Hij vuurde opnieuw en duwde toen snel, met dezelfde loop van het machinepistool, tegen het hout, dat wijd openging, waardoor Kuibshef een stoot bijna zuivere lucht kon inademen.

Eentje maar.

Terwijl zijn longen zich met lucht vulden, kwam wat hij had gevreesd. Daar, voor zijn rode, geïrriteerde, waterige ogen, ontketende de dood.

Max Kropelin, onveranderlijk, zijn pistool stevig vastgehouden, vuurde verschillende keren.

De flitsen braken uit in een enkele vurige tong. De leiding scheidde, kwaadaardig, dodelijk, in de richting van Kuibshefs gezicht.

Binnen een paar seconden verdween dat gezicht uit Max' zicht, hoewel hij wel wat botdeeltjes kon zien opspringen.

Toen het lijk de trap af stuiterde, sloot Max haastig de val weer, om te voorkomen dat de rook die kamer weer vulde.

Toen, starend naar de houten rechthoek, bleef hij een ogenblik roerloos.

"Max."

Hij draaide zich niet om.

'Laten we hier weggaan, Max.

Grietjes stem smeekte, enigszins hoog, alsof de jonge vrouw op het punt stond hysterie te krijgen.

Ten slotte draaide Max zich om en keek Grietje aan. De ogen van het meisje stonden vol tranen. Hij beet op zijn lip. Misschien was alles wat er was gebeurd te veel geweest voor een eenvoudige vrouw, die het meeste had gedaan om wat documenten uit het immense nazi-archief te stelen.

'Ja...' fluisterde Max. Laten we vanaf hier gaan.

Het was toen dat ze allebei een gedempte kreun hoorden, die een onbeschrijflijke angst uitdrukte.

9

Otto begon in de richting van de vrouw te glijden, die leek te zijn flauwgevallen. Misschien de rook; misschien de pijn van zijn wonden op die schouder die een obsessie was voor de Duitser.

Op die spannende momenten hadden Max noch Grietje Otto opgemerkt, die langzaam maar zeker vooruitkwam. De Franse cognac moest ergens van zijn. Verdomme...! Otto wist dat de generaals, politici en dikke mensen van de nazi-partij zich cognac dwongen uit bezet Frankrijk, evenals "champagne" en enkele typisch Franse producten.

Goede cognac, ja. Die verdoemden wisten wat ze deden.

Otto hoestte en merkte dat het steeds moeilijker voor hem werd om te ademen. Maar hij hechtte er geen belang aan. Ik vroeg alleen om nog een paar minuten leven.

Hij lachte vreemd, denkend dat hij in ieder geval iets zou hebben gedaan waar hij geen spijt van zou hebben als hij in afwachting was.

Hij keek weer naar Sonia, die nog steeds met haar ogen dicht zat. Erg bleek. Het toonde zijn witte keel; een kloppende keel die groter werd voor Otto's rode ogen.

Toen hij bij de vrouw was, keek Otto naar Max en Grietje, die hem niet de minste aandacht schonken. Die Grietje had volgens Otto alleen oog voor Max. Beter. Beste voor Max; een geluksvogel.

Op dat moment begonnen de schoten te klinken.

Otto wachtte niet langer. Hij stak beide handen naar voren, koud en stijf, en omsingelde Sonia's keel.

De vrouw, bij het contact, ook vanwege de explosie van de schoten, opende haar ogen en probeerde geschokt te schreeuwen.

Hij kon het niet meer.

"Sterf, teef..., sterf..." stamelde Otto, "Mensen zoals jij verdienen het niet te leven..., ze verdienen het niet om te ademen...

Sonia probeerde ruzie te maken, maar haar kracht liet haar in de steek. Die vingers om haar keel grepen haar zenuwen, verduisterden haar hersenen.

'Max was je vergeten...' Otto hijgde. Ik doe niet. Jij bent de hoofdschuldige van dit alles. Jij bent de ergste moordenaar. Wat kan het jou schelen als onschuldige mensen sterven...? Wat maakt het jou uit ...? Je hebt het nog nooit gezien, of wel? Ik doe. Ik heb het gezien...!

Otto, met zijn gezicht rood, met de aderen in zijn slapen op het punt van ontploffen, stond half rechtop en verzamelde zijn toch al geringe kracht om Sonia's nek te knijpen.

De vrouw was gestopt met worstelen en haar gezicht werd donker.
kreunde. Ik was gewoon aan het kreunen.

"Laat haar vallen, Otto... Kom op, laat haar vallen...!

Hij hoorde ook niets.

De Duitse reus merkte een vreemd genoegen op door zijn duimen in Sonia's halsslagader te steken. Toch bood hij geen enkele weerstand toen Max' handen de zijne van die brutaal afgehakte nek wisten te scheiden.

Toen Max zich bukte om Sonia nader te onderzoeken, zuchtte hij en zei:

'Je hebt haar gewurgd, Otto.

Otto antwoordde niet.

Echt, de effecten van die halfdronkenschap begonnen weg te werken en Max' woorden weerkaatsten op zijn opgeblazen, uitgeputte brein.

Hij haalde zijn schouders op en stamelde:

'Hij... verdiende het, Max... nietwaar?

'Zeker, Otto. Maar het gebeurt dat... Goed. Onnozele dingen. Ik wilde zeggen dat het een vrouw is.

'Het was... het was een monster, hè, Max?

Max staarde Otto aan. Hij ontdekte angst in de gesluierde pupillen van de man. Otto verwachtte vrijwel zeker dat Max zou bevestigen dat

Sonia een monster was geweest. Otto wachtte op die bevestiging als verzachtende omstandigheid om zijn geweten te sussen.

'Dat was het, Otto,' zei hij. Nu, ze is gewoon een dode vrouw. Nog een. Het doet er nauwelijks toe; Begrijp je

Otto knikte ongemakkelijk en zei:

Dank je, Max.

"Bah. Nu zullen we hier wegkomen. We zullen terugkeren naar de stad. Misschien kan een dokter je redden, Otto. Laten we gaan?

"Ja Ja. Ik zou mezelf sparen, Max. We hebben het goed gedaan, hè? Heel goed. Natuurlijk, echt, jij bent degene die het werk heeft gedragen, maar ik beschouw mezelf ook als tevreden. Een grote triomf, Max.

Max likte zijn lippen.

Ik wilde zeggen dat dit geen triomf was, maar integendeel: een klinkende mislukking.

'Ja... een grote triomf, Otto' fluisterde hij. We hebben een gevaarlijk Sovjet-sabotagenetwerk ontmanteld. Een grote triomf...

Hij draaide zich om en keek naar Grietje, die naar hen toe was gekomen. Grietje merkte dat Max' pupillen zachter waren geworden. Hij vond zelfs die man die onlangs had geschoten, gek van woede, ontspannen bij een paar moordenaars.

Kom op, Grietje. Help me Otto dragen. We brengen je naar de auto.

"Ja, Max,

Opnieuw droeg Max het gewicht van Otto en begon te lopen naar de uitgang van dat huis, dat een groot graf was. Het was Grietje die de deur naar buiten opendeed, en Max' longen vulden lucht, in wiens geest het schouwspel van Lubyens verbrijzelde voorhoofd en Kuibshefs verbrijzelde gezicht nog steeds danste.

Hij merkte echter op dat hij niet het minste berouw voelde. Die twee mannen verdienden tenslotte de dood.

Eindelijk bereikten ze de auto, geparkeerd achter een groepje bomen vlak bij de weg. Grietje glipte in de auto en ging voorin achter het stuur zitten.

Daar voelde het meisje zich veel beter. Vooral omdat hij die gruwel van de doden achter zich had gelaten.

Otto werd naar de achterbank geleid en Max ging naast hem zitten.

'Sta op, Grietje,' mompelde Max.

De jonge vrouw reed achteruit, achteruit tot ze een draaihoek had. Toen sloeg hij de snelweg op in de richting van Stockholm, waarvan de gebouwen, donkere massa's bezaaid met licht, van een relatieve afstand zichtbaar waren.

Grietje draaide zich een beetje om en vroeg:

'Waarheen, Max?

Max dacht even na.

Er kroop een idee in zijn hoofd, hoewel hij het als nutteloos afwees. Het was ontmoedigend om te weten dat ze niets konden doen voor de schepen op wiens romp de kwaadaardige explosieve "prikken" vastzaten. Hij zei echter:

'Naar de haven, Grietje.

Otto huiverde.

'Naar bakboord, Max?' vroeg hij zwakjes.

"Waarom niet?

'We verspillen tijd... En ik bloed dood, Max...' Otto hijgde naar adem.' Ik wil leven, begrijp je? Ik wil leven...

Die woorden, de inspanning om ze te uiten, leken zijn kracht uit te putten en Otto lag op de stoel, zwak ademend en met gesloten ogen.

Max beet op zijn tanden. Het was duidelijk dat de minuten van Otto's leven geteld waren.

Een veelheid aan gedachten raasde door Max' brein; veelheid aan herinneringen. Het leek alsof zijn leven een jaar eerder was begonnen; Hij kon zich alleen herinneren wat er in dat jaar gebeurde; in wat zijn leven een tragische, onverwachte wending had gegeven.

Mentaal dacht hij, om zichzelf een beetje op te vrolijken, toch geluk gehad te hebben. Otto nr. Ni Kurbjuhn; noch anderen zoals zij. Hij redde het leven en...

Max richtte zijn blik op Grietje's haar; dat donkerbruine dat straalde als een sprankje hoop.

En Grietje, ja.

Op die momenten wenste Max dat het allemaal voorbij was; Hij wilde de strijd opgeven en een andere plek zoeken om bij Grietje te wonen. Die stad, Stockholm, zou al snel een hechte band krijgen met zijn anti-nazi-actiegroep.

De auto was de stad al in gereden, bijna verlamd op dit uur van de nacht.

Er flitsten wat lampjes voorbij.

"Misschien zullen we met de auto de aandacht trekken in de haven, en meer op dit moment, Gretel", zei Max", Parkeer zo dicht mogelijk. Omdat we Otto niet kunnen dragen, laten we hem hier tot onze terugkeer,

Otto roerde zich.

'Nee... wacht niet langer, Max...' mompelde hij zwakjes.

"Geen man.

'Ik zou niet... alleen willen sterven... hier, begrijp je?

Max sloot even zijn ogen.

'Niemand heeft het over doodgaan, Otto.

'Ik... ik weet heel goed wat ik voel. Niemand kan me meer voor de gek houden... Zelfs ikzelf niet', fluisterde de Duitser.

Het was stil in de auto. Max keek naar Grietje en merkte de spanning op die de vrouw doorstond. Wat hij niet kon zien, waren de tranen die over de bleke vrouwenwangen liepen.

Kort daarna remde Gretel in een straat naast de haven, ongeveer honderd meter verderop.

Zwijgend stapte het meisje uit en wachtte tot Max dat deed.

Grietje vermeed in de auto te kijken. Haar blik was gefixeerd op de weinige lichten van de haven, gehuld in mist, alsof de tragedie die werd vermoed haar had gehypnotiseerd.

'Tot nu toe, Otto,' mompelde Max. Ik wou dat ik nog iets voor die schepen kon doen... Otto,

Wees stil.

Otto bewoog niet. Hij leek Max niet gehoord te hebben. Hij scheen niets meer van deze wereld te horen.

Plotseling radeloos en bezweet boog Max zich voorover en bekeek de gesloten ogen van zijn metgezel. Hij liet het onderste ooglid van één oog zakken, zonder Otto te bewegen,

"Otto...

Het was een ijzig, gedempt gefluister.

'Dood... Maar waar verbaas je je over, Max? "Vraagde de Duitser af." Je zat erop te wachten, en nu...

Hij voelde een brok in zijn keel.

Toen hij reageerde, denkend aan Grietje, die buiten stond te wachten, probeerde hij zijn uitdrukking te kalmeren.

Langzaam verliet hij het voertuig en naderde de jonge vrouw.

'Kom op, Grietje,' mompelde hij.

Ze liepen snel, zenuwachtig, in de richting van de haven. Ze hadden nog geen twintig stappen gelopen, toen gedempt, verdronken, klonk de eerste explosie. De lichamen van de twee Duitsers trilden. Beangstigd versnelden ze hun pas.

De seconde. Derde.

Ze konden het water al zien springen, omhoog geduwd door een woeste, meedogenloze hand. Meer explosies. De kreten van de weinige mensen op de haven begonnen hoorbaar te worden. Het alarm ging.

Hijgend kwamen Max en Grietje voor de haven aan en staarden verbaasd naar het monsterlijke tafereel. Een van de schepen had de achtersteven al bijna gezonken en de koorts van de bemanningsleden werd opgemerkt, die in grote verwarring de boten haastig liet zakken.

Aan de andere kant van de schepen, bijna gelijktijdig met de explosie van een "lamprei" die onder de brandstoftanks was geplaatst, schoot een angstaanjagende roodzwarte fakkel de lucht in en het schip begon snel water te maken.

Ondertussen klonken in de haven alarmsirenes, waardoor het allemaal iets hallucinanter werd.

"Laten we gaan, Max... Laten we gaan!" Grietje snikte bijna. We kunnen hier niets doen. Niets is meer te vermijden.

Max, nog steeds verbijsterd, knikte.

"Ja Ja. Laten we gaan.

Hij pakte haar bij de arm en sleepte haar in de richting van de huurauto die op de hoek stopte.

'Ik kan dit nooit vergeten, Max,' fluisterde Grietje.

Max glimlachte bitter. Er zijn inderdaad dingen die nooit vergeten mogen worden. Ze blijven altijd verborgen, maar levend, latent, in elke hoek van de hersenen. Hij wist heel goed dat het waar was. Hij wist ook dat Gretel vele nachten uit bed zou springen, gekweld door die explosies, door die dikke vuurzee, door de boten die vreselijk kapseizen, terwijl onschuldige mannen hun redding zochten.

Toen ze bij de auto waren, nam Gretel haar plaats weer in en Max ging naast haar staan. Het meisje keek Max verbaasd aan. Ze ondervroeg hem met haar grote blauwe ogen, een beetje mistig.

'Otto is dood,' fluisterde Max.

"Mijn God...

Dat was het. Het was genoeg. Het was een hartverscheurend pleidooi. Om oorlog te haten, moet je het van dichtbij meemaken, niet met de Gestapo-archieven min of meer dichtbij. Dat maakte niet uit. En Grietje was slecht voorbereid om mensen massaal te zien sterven, woest, alsof ze iets aan de natuur verschuldigd waren.

"Gretel...

Max' stem was gedempt, zacht. Het meisje staarde hem aan, alsof ze hem op die momenten weer ontdekte.

'Je moet reageren, Grietje,' mompelde Max.

'Ik begrijp het,' fluisterde de jonge vrouw. Wat doen we nu?

Max wierp een snelle blik op de achterbank en wierp een blik op Otto's lijk. Hij likte zijn lippen en zei:

'Voorlopig moeten we Otto's lichaam verbergen. Niemand mag wat er in dat huis gebeurde in verband brengen met de Duitsers, begrijp je? Vroeg of laat zullen de Zweedse autoriteiten haar vinden en veel begrijpen als ze de tunnel ontdekken. We zullen u laten geloven dat alleen Russische agenten hierin hebben ingegrepen. Hoe dan ook, het kan gezegd worden dat het bijna zo is geweest. En in ieder geval zijn zij de boosdoeners. We zullen daarom op de Zweedse politie rekenen om het toezicht te verscherpen en ik geloof niet dat de Russen zullen aandringen op het saboteren van schepen in de haven van Stockholm.

Grietje knikte.

'Oké, Max,' mompelde hij terwijl hij de auto startte, denkend dat dit de tweede keer die avond was dat hij deze macabere taak had uitgevoerd.

Enkele seconden later verdween het voertuig van dat toneel.

'Wat gaan we nu doen, Max? Ik ben bang, 'zei Grietje.

Max nam even de tijd om te reageren.

'Vertel eens, Grietje... Denk je er nog steeds over om voorlopig niet terug te gaan naar Duitsland?'

"Ja, Max.

"Nou ... ik heb nagedacht en ik denk dat het het beste zou zijn om uit Stockholm te verdwijnen", zei de Duitser.

Grietje keek hem verbaasd aan.

"Maar dit is waar we momenteel een sterke anti-nazi-groep kunnen vormen, Max", zei hij.

Max glimlachte een beetje.

"Ik twijfel er niet aan. Maar Stockholm zal vanaf nu ook een stad zijn waar de Gestapo zich naar toe zal trekken. En waar mogelijk moeten we botsingen met de Gestapo vermijden. Hoe meer ze niet weten over onze organisaties in het buitenland, hoe beter.

"Begrijpen. Vervolgens...?

“Een goede plek zou zeker Oslo zijn. We zullen daar ook werk hebben”, antwoordde Max.

De jonge vrouw zuchtte.

'Het wordt Oslo', zei hij.

"Natuurlijk zouden we een manier moeten vinden om Horst te laten weten wat we willen", zei Max. Maar daar wil ik op dit moment niet aan denken. Nu merk ik dat ik... moe ben.

Nadat hij deze woorden had gezegd, leunde Max achterover in de stoel en liet de auto rollen, geleid door Grietjes instinct. Opnieuw erkende hij dat hij geluk had gehad.

Grietje wierp hem een snelle blik toe, maar zei niets. ik was verbaasd

Sinds wanneer houdt ze van Max? Misschien voor altijd... Maar het leek tenminste zo. Daarom. Wat deed de rest ertoe? Oorlog? Ze wilde gewoon rust.

Het voertuig had de stad al achter zich gelaten en deed weer dienst als lijkwagen.

Overal in de open lucht zou een goede plek zijn om Otto's lichaam te verbergen. Als ze er ooit achter waren gekomen, had er veel kunnen gebeuren. In ieder geval zou het voor de Zweedse politie erg moeilijk zijn om hem te identificeren.

Grietje huiverde. Echt, die manier van begraven worden was niet prettig; er was niet eens een graf. Dat was bijna net zoveel als ontkennen dat de man ooit had geleefd.

Hij was verrast door Max' stem, aangezien hij dacht dat zijn ogen nog gesloten waren. Max had gezegd:

'Hou hier op, Grietje.

De auto kwam zachtjes tot stilstand.

10

De auto stopte voor de deur van het etablissement dat hen verhuurde. Snel stapten Max en Grietje uit en begonnen te lopen. Het detail van de auto zou gevaarlijk kunnen zijn, aangezien de verdwijning zou worden gemeld aan de politie en Gretel zou worden gefouilleerd.

'Vanavond gaan we uit elkaar, Grietje,' zei Max. Ik zal je vergezellen naar je hotel en ik zal terugkeren naar mijn appartement. Ik zal alles voorbereiden op een verdwijning die geen argwaan wekt, begrepen?

"Ja.

Ze leken wat geanimeerder. Ze liepen heel dicht bij elkaar en het leek alsof dat allemaal al heel dichtbij was.

Ze leken niet te weten dat het spoedig zou aanbreken.

Het kostte hen een kwartier om het discrete hotel te bereiken waar Gretel verbleef, Max pakte de jonge vrouw bij de schouders en keek haar in de ogen. Hij merkte de vermoeidheid op die dit meisje beheerste, wier pupillen een beetje dof waren en lichtblauwe kringen onder haar ogen hadden gevormd.

'Ik wacht op je aan het nachtkastje, Grietje,' mompelde Max.

De jonge vrouw knikte glimlachend.

"Niets anders, Max?" vroeg hij.

Max keek slapend langs de straat.

Hij sloeg beide armen om Grietje's middel en hield haar zachtjes tegen zich aan. Grietje had haar gezicht opgeheven en haar dunne roze lippen waren van elkaar gescheiden.

Max kuste haar hard en vond het zonde om de vrouw nu in de steek te laten. Grietje moet iets soortgelijks hebben gedacht, aangezien ze Max lang en hartstochtelijk kuste.

'Tot straks, Max...' fluisterde hij, toen hij zich van de man losmaakte.

Max knikte.

Hij liet de jonge vrouw naar de ingang van het hotel lopen. Toen hij eenmaal uit het zicht was, begon Max naar zijn appartement te lopen.

Pas nadat hij een sigaret had aangestoken en een dikke rookwolk de lucht in had geblazen, realiseerde hij zich dat het ochtend werd.

Van haar kant liep Gretel langzaam langs de receptie van het hotel en merkte op dat de slaperige ogen van de dienstdoende conciërge opfleurden bij het zien.

De idioot moet hebben geloofd dat Grietje een... rusteloze nacht had doorgebracht.

Dat is waar, maar niet in de zin van de ondeugendheid van de conciërgeoogjes.

Hoe dan ook, het kon Gretel niet schelen. Ze was te moe, te verbijsterd door alles wat er was gebeurd om deze man op te merken.

Hij nam de lift naar de tweede verdieping en ging zijn kamer binnen. De verrassing liet haar bevroren, onbeweeglijk.

* * *

Het nachtkastje was, zoals elke dag bij zonsondergang, levendig. Over het algemeen waren het koppels van jonge mensen die op zoek waren naar de koele en strategische plaatsen van dat uitzichtpunt aan zee.

Hij voelde zich die middag veiliger, rustiger. De sfeer van de Zweedse hoofdstad is sereen, vredig, het helpt mensen zich goed te voelen.

Max keek op zijn polshorloge en concludeerde dat het niet lang kon duren voor Grietje. Hij had echt de behoefte haar weer te zien, haar naast zich te voelen, haar te kussen. Door haar aanwezigheid zou Grietje hem erop wijzen dat alles wat er de vorige nacht was gebeurd niets met een droom te maken had.

Max had al een goed idee van wat ze de volgende dag moesten doen.

Ze zouden Zweden net zo stil verlaten als ze waren aangekomen. De combinatie was de spoorlijn naar Mariestad, aan de oevers van het Vénermeer. Ze konden er een paar dagen doorbrengen, onder de Zweedse vakantiegangers. Een goede plek om onopgemerkt te blijven. Dan Oslo.

Max keek op en probeerde de komst van Gretel weer te zien. En hij zag haar.

Daarom fronste Max eerst het voorhoofd, zodat zijn ogen later een duidelijke uitdrukking van verbazing kregen. Grietje nr. Ik kwam alleen aan.

Hij liet het meisje en haar metgezel naast zich komen en zei:

"Ik begrijp het niet, Horst...

De kleine man met de dikke bril glimlachte.

Ga zitten, Max. En jij, Grietje.

Beide jongemannen gehoorzaamden en Horst Anthelme ging naast hen zitten. Ontspan, hij stak een sigaret op. Toen staarde hij naar Max en zei:

'Gretel heeft alles uitgelegd wat me is overkomen, Max. Goed gedaan; Echt.

"Ben je hier omdat je me niet vertrouwde?" vroeg Max gespannen.

'Doe niet zo gek, gromde Horst, terwijl hij zijn kortzichtige ogen op die van Max richtte. Er zijn dingen gebeurd in Berlijn.

"Spullen?

"We zijn ontdekt. Mijn organisatie is in een oogwenk ontmanteld. Max "zei Horst." Ik denk nog steeds dat het een droom is dat ik hier nu ben. Ik weet niet eens hoe ik aan de Gestapo heb kunnen ontsnappen. Het was natuurlijk mijn plicht om hier te verschijnen en u op de hoogte te houden van de feiten.

Max knarsetandde,

"Hoe heeft de Gestapo u ontdekt?" vroeg hij,

Horst haalde zijn schouders op.

"Je weet al dat ze heel krachtig zijn. Het is moeilijk om ze voortdurend te slim af te zijn. Ik vermoed dat de verdwijning van

Gretel er iets mee te maken had. Dat betekent ook dat ze haar mogelijk zullen lokaliseren en proberen meer te weten te komen. Begrepen?

Max en Grietje wisselden een blik. Max likte toen zijn lippen.

'Begrepen, Horst,' zei hij. Ben je van plan om in Stockholm te blijven?

Horst glimlachte lichtjes en schudde zijn hoofd.

'Dat zou dwaas zijn, Max,' antwoordde hij. Ik ben al een oude bekende van die verdomde dingen. Aan de andere kant heb je het actiewerk in Stockholm afgerond. Het is jammer dat, als gevolg van wat er in Berlijn is gebeurd, het moeilijk zal zijn om voor onze fractie te propageren.

'Ja... het is jammer,' mompelde Max.

Horst knipperde met zijn ogen.

"Wat is er met je aan de hand?" vroeg hij.

"Nou..., ik dacht aan Kurbjuhn en Otto. Ze zijn gevallen, Horst. Ik weet het niet... Ik heb de indruk dat ze voor niets zijn gestorven. Stom en nutteloos.

Horst zweeg even.

'Ik denk dat je het mis hebt, Mas,' zei hij ten slotte zacht... '. Niemand sterft voor niets. Zijn offer zal de ogen van veel mensen openen; Begrijp je

"En dat? Als we de oorlog maar verloren...!

Horst glimlachte.

'Doe niet zo absurd, Max,' zei hij. Waarom zouden we de oorlog verliezen? Dat heeft op dit moment geen enkele basis. Heel Europa wordt gedomineerd door onze troepen. Erg goed. We moeten proberen die troepen uit ons veld te helpen. Bijvoorbeeld: de eliminatie van het Sovjetnetwerk dat Zweedse staaltransporten saboteerde. Nu gaat het erom het nazisme teniet te doen. Geen Slaven meer. Geen moord meer, begrijp je?

Max zuchtte.

"Tuurlijk, Horst. Perfect,' gromde hij.

"Mee eens. We verhuizen naar Oslo

"Jij ook?" gromde Max.

"Heb je er last van?" grijnsde Horst.

"Nou... Hoe erg het me ook stoort, nee. Maar... ik had eraan gedacht om wat uit te rusten, mompelde de jongeman.

Horst fronste zijn wenkbrauwen. Peinzend keek hij naar de zee.

'We hebben je nodig, Max,' mompelde hij ten slotte.' Of denk je dat de strijd gestreden is? Ik zou zeggen begin, weet je? De Verenigde Staten zullen met volle kracht lanceren en we moeten Duitsland zoveel mogelijk schade besparen.

"Je overtuigt me altijd, Horst" glimlachte vermoeid, Max.

'Ik had het verwacht, zuchtte Horst.

"Nu al. Goedenavond.

Horst was een beetje verrast-

"Dat...?

"Ik zei welterusten, Horst" glimlachte Max "We zien je in Oslo. Lijkt het je slecht?

Horst keek naar Max en toen naar Grietje. Het meisje was een beetje rood en staarde heel aandachtig naar de tafel, alsof ze op dat moment ontdekte dat het blad van marmer was.

De oude man lachte,

"Duivels...! Het spijt me, Max "zei hij". Eigenlijk zijn oude mensen nogal zwaar. Veel succes, Max, doei, Grietje,

Horst stond op en begon glimlachend weg te lopen, gevolgd door de blikken van beide jongemannen. Zo oud was Horst niet. Hij bewaarde een groot deel van zijn fysieke energie en grote mentale kracht. De man die de Berlijnse Gestapo had getrotseerd, kon niet zomaar iemand zijn.

Dat was het eigenlijk niet.

Toen hij uit het zicht was, tussen de laantuinen, keek Max naar Grietje.

"Ik was bang dat hij tussen ons zou komen" zei Max- ". En nee. Een beetje leven moet van ons zijn, Grietje. Wij hebben het recht om,

Grietje glimlachte. Een aantrekkelijke glimlach, vrolijk op die momenten.

"Natuurlijk, Max. Laten we gaan?

Max keek haar verbaasd aan.

"Waarheen?" vroeg hij.

Hij volgde de blik van Grietje, die zich in die koele tuinen had gevestigd, vol met stelletjes; daar spraken ze over liefde, daar werden veel illusies geboren.

'Ik zou graag in de tuinen wandelen, Max,' zei hij. Ik moet bekennen dat het me altijd heel dom leek en ik heb geen gelegenheid gehad om het tegendeel te verifiëren. Eigenlijk zijn er in mijn leven maar heel weinig bloemen geweest ...

Het werd onderbroken. Een plotselinge wolk had zijn ogen een beetje vertroebeld.

Max begreep het. Grietje was ook een van degenen die zichzelf hadden opgeofferd. Maar dat moest vergeten worden. Het was tenslotte ergens voor geweest... Precies: voor iets:

Hij herinnerde zich de woorden van Horst: 'Niemand sterft voor niets.' Zo was het. Niemand sterft voor iets en niemand offert zich ergens voor op. De uitdrukking kan met veel mensen worden gebruikt. Hij was Sonia nog niet vergeten, die drie Russen die hadden gevochten...

'Kom op, Grietje,' zei hij, plotseling haar gedachten onderbrekend. Het leven moest ook een beetje van hen zijn.

Toen het 's nachts bijna donker was, verlieten ze het nachtkastje op weg naar de tuinen.

Het ademde goed. Het zou die nacht volle maan zijn.

Ze liepen een paar minuten in stilte.

Vervolgens koos Gretel een goed geplaatste houten bank in de hoek uit.

'Laten we gaan zitten, Max. Ik hou van je, hoe gemakkelijk je fouten kunt maken in relatie tot anderen. Het is geweldig om te kunnen zeggen: ik hou van je.

Max voelde intense hitte in zijn borst.

Grietje zag er zelfs jonger uit met dat nieuwe licht in haar pupillen.

Naar de hel met alles! De oorlog, Oslo, de Gestapo, de Russische spionnen ... Het leven wordt genoten in slokjes, dat is waar, en het is de grootste domheid ter wereld om niet te profiteren van een van die weinige slokjes, maar dat kan een leven vullen .

"Prachtig» Grietje, "fluisterde Max.

Ze zaten alleen op de bank, in die smalle tuin. Max kon niet langer wachten. Ik had Gretel nodig, ik had haar kus nodig", ik had dat slokje geluk nodig.

Hij sloeg beide armen om haar heen, gretig, - en keek haar glimmend in de ogen. Hij herkende haar;

Mysterieus, bijna zonder tussenkomst van de wil van beiden, kwamen hun lippen lang, bijna ongemakkelijk samen.

De volgende slok die het leven zou geven, zou bitter kunnen zijn,

EINDE

9 798201 403423